KB093250

케이크 ✦ 손

PIN
장르
002

케이크 ✦ 손

단요 소설

H

추천의 글

아이들의 세계에도 엄연히 '회계장부'는 존재한다. 그 '회계장부' 안엔 갚아야 할 빚과 받아야 할 채권뿐만 아니라 잊어야 할 기억과 놓쳐버린 인연, 그로 인한 고통이 문신처럼 적혀 있어, 이후의 삶을 좌지우지한다. 문제는 언제나 고통이다. 고통의 회계처리에 실패한 아이들은 손쉽게 채무불이행 상태에 빠지게 되고, 그 수렁에서 헤어 나오기 위해 애쓰다가 결국 가해자의 위치에 서게 된다.

그러니까 우리를 둘러싸고 있는 이 세계는 철저히 계산식으로 진행되고 있는 것인지도 모른다. 그 안에서 우리는 깔끔하게 줄 거 주고, 받을 거 다 받으면서 살아온, 성실하고 모범적인 일차방정식의 신봉자일 수도 있다. 작가 단요가 놀라운 것은 그 계산식에 '케이크 손'이라는 미지수를 올려놓았다는 점이다. 흡사

더 무슨 말이 필요하겠는가. 나는 지금
이 소설이 무섭다는 말을 하고 있는 것이다.
- 이기호 (소설가)

성聖과 속俗을 한 몸에 지닌 듯한 그는 누군가의 고통
이, 또 누군가의 죽음이 '이토록 달콤하다는 사실'을
상징적으로 보여주는 인물이다. 그를 가해자와 함께
X선상에 위치시켜 미지수의 값을 구하게 만드는 것
이 단요의 이번 소설 『케이크 손』이다. 풀다 보면 저
절로 사나워지다가 어리둥절해지고, 궁금해졌다가
끝내는 씁쓸해지고 마는 방정식.
   좋은 소설은 읽다 보면 수많은 미지함수와 변수
를 만나게 되고 꿈꾸게 된다. 그런 점에서 작가 단요
는 우리 시대의 특별한 방정식 설계자다. 그가 만든
방정식의 답을 구하기 위해선 항상 그 반대편에 우리
자신을 대입할 수밖에 없기 때문이다. 더 무슨 말이
필요하겠는가. 나는 지금 이 소설이 무섭다는 말을
하고 있는 것이다.

차 례

내 생에는 두 갈래의 시간이 겹쳐 있다.

눈앞을 매 순간 스쳐 지나가는 장면들은 과거형이다. 오직 지나간 시간에 대해서만 단정할 수 있기 때문이다. 아직 일어나지 않은 일, 결론이 끝없이 유예되는 일에 대해서는 확실히 말할 수 없다.

반면 당연한 일들, 그러니까 에베레스트산의 높이가 8천 미터가 넘는다거나 안혜리가 나를 남자친구처럼 데리고 다닌다거나 하는 일들은 현재형이다. 마음속에서 지금 이 순간의 것처럼 되풀이되는 기억들도, 그게 처음 인이 박인 날이야 어떻든 간에 현재형이다. 내 삶에서 그날을 도려내면 오늘도 없을 것이기 때문이다.

나는 때때로 현재형으로 쓰이는 문장들이 과거로 굴러떨어지는 날을 상상한다. 에베레스트산의 끄트머리가 움푹 파이거나 안혜리와 내가 갈라서는 날, 그래서 오랜 기억을 돌이킬 필요가 없는 날이 올 거라고 생각해본다. 그러면 나는 지금과는 아주 다른 사람이 되어 있을 것이다.

기억은 이름과, 이름은 존재와 맞닿아 있다. 퇴적된 시간을 벗겨내면 무엇이 나타날지 궁금하다. 궁금하지만 아직 알고 싶지 않다.

◆◆◆

일곱 살 시절을 그리라면 나는 아빠나 유치원 버스가 아니라 동네를 그릴 것이다. 아빠 얼굴은 모르고 나를 기다리던 유치원 버스도 없었지만 동네를 돌아다닐 시간은 아주 많았기 때문이다. 10시쯤 부스스 눈을 뜨면 엄마가 옆에서 자는 중이다. 나는 선반에서 레토르트 음식을 꺼내

먹은 다음 밖으로 나간다. 그러면서 텅 빈 도화지에 동네의 모습을 채워나간다. 탐색은 저녁이 되도록 끝나지 않는다.

저녁은 모든 것이 선명해지는 시간이다. 나는 적갈색 벽돌로 쌓은 구옥이 오후 6시의 햇빛을 만나, 한쪽 면은 생생하게 빛나고 다른 면은 그늘에 가라앉는 것을 본다. 이 골목에는 히잡을 두른 여자와 그 여자의 아이들이 있다. 새까만 머리카락에 비해 살갗은 약간 희고, 입을 열 때마다 블럇, 블럇Блять 하고 외치는 소년들도 있다. 이곳의 전봇대는 곧잘 쓰레기봉투 더미로 둘러싸인다. 나타났다가 사라지기를 반복하는 쓰레기들. 나는 전봇대 주변의 텅 비고 조용한 땅에서 시큼한 냄새를 맡고, 그곳에 있었던 음식물 쓰레기봉투를 느낀다.

골목을 빠져나오면 상가가 늘어선 대로가 나타난다. 새빨간 배경에 노란색 한자를 적어둔 간판과 24시 해장국이라 쓰인 간판이 어깨를 맞댄 여기는 동네의 오른편이다. 대로변을 따라 왼편으로 쭉 내려가다 보면 간판들이 점점 젊어지고 벽마저 빛나기 시작하는 것을 느끼게 된다. 해가 점차 꺼져가는데도 그렇다. 엄마들은 초등학생쯤 된 아이를 뒷좌석에 태운 채 어디론가 가고, 4층의 수학학원 창문은 한낮보다 더 밝다. 무수한 자동차가 8차선로를 달려나가는데 8차선로 위에는 고가도로가 2층짜리 케이크처럼 얹혀 있다. 엔진의 굉음만큼이나 매캐한 냄새가 노을에 불탄 잿가루처럼 하늘을 덮는다.

일곱 살의 나는 무대에 잘못 올라간 방청객처럼 이 모든 풍경을 통과해 나간다. 어떤 장소에도 내 자리는 없고, 사람들은 하나같이 나를 보지 못하는 척한다. 해가 아파트 건물 중간쯤에 걸리고 가로등에 불이 들어오기 시작할 무렵, 나는 발걸음을 돌려 동네 오른편과 왼편 사이의 길목으로 빠진다. 사람도 차도 거의 오가지 않는 2차선로다. 길가에 놓인, 얼룩덜룩한 비닐봉지 같은 게 시선을 끈다. 가까이 다가가 살펴보니 쓰러져 누운 고양이다. 비쩍 말라서 코만 길게 튀어나왔는데, 건드려도 미동이 없다. 살덩어리에 남은 온기는 낮 동안 달궈진 아스팔트의 열기보다 미약하다. 나는 쭈그려 앉아 녀석의 등줄기를 쓰다듬는다. 그러다 보니 낯선 여자애가 옆에 와서 질문을 던진다.

"네 고양이야?"

"아니."

"아픈 거야?"

"몰라."

"불쌍하다."

몸이 망가진 것을 알면서도 진단명을 받아드는 게 두려워 병원을 피하는 사람들이 있다. 뻔히 보이고 느껴지는 것일지라도 이름만 붙이지 않으면 외면할 수 있다. 우리도 그렇다. 우리는 죽음을 입에 담기 전까지는 죽음이 미뤄질 것처럼 입을 다문다. 해가 어두워지는 만큼 가로등과 간판이 밝아지기 때문에, 시간이 얼마나 지나든 주변 풍경은 그대로이기 때문에 저녁은 유예를 영원으로 착각하기에 좋은 시간이다. 그러다가 문득 강렬한 빛이 훅 다가온다. 나는 급히 일어나 여자애를 끌어당기고는 함께 뒤로 넘어진다.

이글거리는 섬광에 순간 눈이 먼다. 그 섬광이

자동차의 전조등이었음을 깨닫자마자 1톤짜리 포터 트럭이 우리가 있던 자리를 지나쳐 무심히 사라져간다. 벽돌에 쓸린 팔꿈치가 쓰라리고 아프지만 그 아픔이 도리어 생의 증거가 된다. 우리는 앓는 소리를 내며 일어난 다음 아무 소리도 내지 못한 것을 내려다본다. 고양이였던 것을 본다.

머리부터 배까지는 그대로인데 그 아래로는 뼈와 살과 털이 납작하게 눌려 뒤섞인 모습이 도화지로부터 솟아 나오려는 그림 같다. 어떤 시간은 그저 흘러가는 대신 페이지가 넘어가듯 뚝 끊긴다는 사실이 이어 떠오르면서, 언젠가 마주했던 광경이 마음속에서 음울한 느낌으로 되살아난다. 으깨지고 뭉개진 채 음식물 쓰레기봉투 위에 얹힌 케이크를 본 적이 있다. 사연이 어떻든 간에 그 케이크를 먹을 사람은 없을 것이며 이 고양이는 분명히 죽었다.

"죽었다."

"불쌍하다."

여자애는 다시 그렇게 중얼거리더니 고양이를

묻어주자고 한다. 나는 고개를 끄덕인 다음 고양이의 두 앞발을 조심스레 붙잡고, 내용물이 흐르지 않도록 배의 중간쯤을 손으로 막아 들어 올린다. 내장과 뼛조각이 손바닥 안에서 와글거린다. 뚝뚝 흐르는 핏방울이 내 반바지와 도로에 걸친 점선을 그리는 사이 납작하게 짓눌린 다리들은 길바닥에서 떼어낼 방법조차 없이 식어간다.

동네 오른편과 왼편 사이에는 바깥으로 뻗은 길이 하나 있는데, 그 길을 따라가면 또 다른 동네가 나온다. 어른들은 그곳을 그린벨트라고 부른다. 영어 이름은 멋지지만 나머지는 모두 볼품없다. 우리는 이 동네와 그 동네의 경계를 냄새로 느낀다. 그곳의 공기에는 풀 냄새와 구린내가 뒤섞여 있고 이제는 피 냄새까지 진동한다. 나는 적당히 으슥한 곳에 멈춰 구덩이를 파다가 흙냄새의 복판을 향해 피 냄새를 던져 넣는다.

그러는 동안 여자애는 흙에는 손끝 하나 대지 않고 장식품처럼 내 옆자리를 지킨다. 불공평하다거나 얄밉다거나 하는 마음은 생기지 않는다. 얘는 확실히 동네의 왼편에 사는 애고, 왼편에 사는 애들이 손에 흙을 묻히는 모습은 상상이 안 간다.

나는 무덤 둔덕까지 쌓아 올린 다음 여자애를 본다. 달빛 아래 새하얗게 반짝이는 원피스가 결혼식장의 신부처럼 예쁘다는 생각만 든다. 나는 어울리는 단어를 찾다가 그만 포기해버리고, 마침표를 찍듯이 말한다.

"끝났어."

"그러면 기도하자."

여자애는 자기 어깨높이까지 늘어진 나뭇가지에서 잎사귀를 몇 점 따더니 무덤 위에 뿌린다. 이번에는 내가 장식품이 되어 주기도문을 가만히 듣는다. 채 외우지 못한 기도문은 모르는 귀로 듣기에도 문장이 군데군데 빠져 있고 이상한 부분도 많아서, 한편 나는 그 나이에 벌써 냉소적인 구석이 있어서, 이미 죽은 고양이에게 추모가 무슨 소용일까 고민하기 시작한다. 고양이가 이 기도를 듣고 천국에 간다면 도로에 남은 반절은 지옥으로 떨어지는 걸까 의문을 품기도 한다.

그러나 두 손을 모아 쥐고, 눈을 감고, 조곤조곤한 목소리로 비밀스러운 문장들을 읊는 여자애의 옆모습엔 여전히 말할 수 없는 느낌이 있다. 그 감각의 이름을 배우는 건 먼 나중의 일이므로, 이 순간의 나는 설명하는 대신 그저 받아들인다. 무언가를 말할 수 있어야만 알고 느낄 수 있다는 믿음은 어른들의 착각이다. 거룩이라는 단어를 모르고 찰나라는 단어도 모르던 원시인이라도 거룩한 찰나가 무엇인지는 알았을 것이다. 나는 함께 두 손을 모아 쥔다.

그렇게 기도를 마친 다음, 우리는 무덤으로부터 등을 돌려 걷기 시작한다. 동네를 향해 걸음을 옮길수록 매캐한 느낌이 차츰 불어나면서 흙과 풀과 피의 냄새가 희미해진다. 그래도 손은 씻어야 한다. 우리는 1층 화장실 문을 열어둔 상가를 찾아낸다. 그러고는 모르는 사이로 돌아간다.

혼자가 된 나는 동네의 오른편을 향해 걷다가 구옥 골목을 지나친다. 그곳은 내 집이 아니다. 이윽고 길거리가 완전히 어두워지고, 저 멀리 원룸촌이 나타난다. 구옥 골목처럼 이곳 건물도 적 갈색 벽돌을 두르고 있지만 느낌은 완전히 다르 다. 곧게 뻗은 복도에서는 서늘한 기운이 올라오 고 전등은 내가 지나갈 때만 잠깐 켜졌다가 금 방 꺼진다.

304호를 찾아 들어간 다음 반바지와 웃옷을 벗어 대야에 담근다. 전자레인지에 딸린 시계가 8시 30분을 표시하고 있다. 얇은 벽 너머에서 개 짖는 소리가 난다. 개들이 주고받듯이 한 차례씩 짖으며 서로의 존재를 확인하고, 어느 순간 그건 합창이 된다. 이 개들은 아마도 오래도록 집 밖 으로 나가지 못했을 것이다. 나는 엄마 티셔츠를 손에 잡히는 대로 꺼내 입고, 매트리스에 누워서 개 짖는 소리를 따라 해본다. 엄마가 오기에는 아직 멀었다.

여기까지가 그날의 기억이다.

◆◆◆

그 애의 이름을 뒤늦게나마 알게 된 것은 한

해가 흐른 뒤였다. 초등학교 입학식 날, 모든 것이 낯선 곳에서 유일하게 익숙한 얼굴이 내 옆자리에 앉았을 때 나는 운명이라는 개념을 포착했다. 그러나 거룩과 마찬가지로, 당시에는 그런 개념 또한 몰랐으므로 나는 거기에 그 애의 이름을 대신 붙였다. 안혜리였다.

그러니까 내게 안혜리는 낱말 없는 거룩함이었고, 운명이었고, 거룩한 운명이었다. 그러니까 나는 수많은 감각과 개념을 언어에 앞서 포착한 다음 거기에 안혜리의 이름을 붙이는 작업을 거듭해왔다. 그러니까 내 추억에 끌려 나온 단어들은 모두, 당시에는 몰랐던 것이다. 몰랐기 때문에 고유하며 특권적일 수 있었던 것이다. 이제는 안다. 그 앎이란 안혜리가 딱히 거룩하지도 않거니와 내 운명도 아니라는 사실을 인정하는 것이다.

안혜리와 나는 열여섯, 같은 중학교의 3학년이다. 나는 여자고 내 이름은 현수영이지만 안혜리는 나를 현수라고 부른다. 처음 만났을 때는 정말로 남자애인 줄 알았다며 속삭이기도 한다.

내 키는 안혜리보다 두 뼘이 크거니와 남자애들보다 더 크다. 머리카락을 목덜미에 붙여 자른데다가 살갗도 까무잡잡해서 사람들은 나를 체대 입시를 준비하는 남자애로 착각한다. 우리는 가끔 안혜리의 침대에 누워서 이런저런 이야기를 하고, 그러는 동안 안혜리는 나를 등 뒤에서 껴안는다.

아마 안혜리는 내 이름이 정말로 현수였다면 더 좋아했을 것이다. 한편 나는 안혜리가 안혜리라서 좋았던 시절을 그리워하기 때문에, 아직은 안혜리를 좋아하기로 마음먹고 있다. 그 애가 학교에서 겉도는 애들을 모아놓고 싸움판을 벌일지라도 그렇다. 비유하자면 안혜리는 투견장의 주인이고 겉도는 애들은 투견이다. 그냥 개다.

◆◆◆

4월 말의 날씨는 뭘 해도 좋을 만큼 쾌청했다. 그래서 우리는 투견 놀이를 했다. 인기를 끌던 만화가 계기였다. 그 만화의 최신 에피소드에는 반에서 겉도는 애들을 모아 학교 뒤편에서 싸움을 붙이는 불량아들이 등장했다. 그걸 보더니 안혜리인지 다른 애인지가 우리도 하자고 했다. 해당 에피소드는 무뚝뚝하지만 정의로운 주인공이 일진들을 때려눕히는 것으로 끝났지만, 중학교 3학년쯤 되면 만화와 현실을 구분할 능력이 생기기 마련이다. 주인공은 만화에나 있는 것이며 우리가 바로 현실이었다.

학교 뒤편에 모인 아이들은 같은 교복을 입고 있었지만 누가 주인이고 누가 개인지는 한눈에 구분이 됐다. 등허리를 꼿꼿이 세우고 있다면 그건 안혜리의 친구였다. 반면 이름도 얼굴도 모를 애들은 하나같이 주눅 든 표정으로 고개를 수그리고 있어서, 땅바닥에 붙은 그림자로부터 사람을 흉내 내는 형상만 겨우 솟아 나온 것 같았다. 투견 시합은 자기 차례가 된 개들이 상대를 지목하는 식으로 이루어졌다. 7반 개의 주인이 둔해 보이는 남자애의 등을 툭툭 건드렸다.

"경수야, 안 골라? 안 고르면 내가 아무나 고른다?"

"어, 어, 할게. 고를게."

더듬거리는 목소리와 함께 팔이 천천히 올라가 대각선에 선 아이를 가리켰다. 짧은 정적이 흐르더니 이곳저곳에서 왁자지껄한 웃음이 터져 나왔다.

"와, 미친, 박경수 여자 골랐어."

"경수야, 진짜 실망이다. 여자애 때릴 수 있으면 나도 때릴 거야?"

"너 때문에 여자 고른 거 아니야?"

"내가 경수 엄청 잘 챙겨줬거든. 점심도 같이 먹고. 그치, 경수야?"

박경수가 지목한 애는 3반의 개였고 안혜리의 개였다. 이름은 김은아였다. 김은아는 깡마른 데다 말을 잘 끝맺지 못하고, 걸핏하면 울어버리는 성격이라서 1학년 때부터 겉돌았다. 부모님이 작은 횟집을 한다는 게 알려지자 그 애의 별명은 비린내가 됐다. 라벤더 향 섬유유연제 냄새가 나는 교복에 코를 파묻었다가, 비린내가 난다며 고개를 떨쳐버리는 장난을 당할 때마다 그 애의 눈동자는 검은 먹물 덩어리처럼 번들거렸다. 안

혜리는 그 표정을 좋아하는 만큼 비린내를 좋아
했고, 그래서 비린내에게는 언제나 울어버릴 이
유와 울지 않을 이유가 더불어 생겼다. 안혜리가
등 뒤에서 나를 꼭 껴안았다.

"현수야."

"으응."

"우리 은아, 싸움도 못하고 엄청 말랐잖아. 남
자애한테 맞으면 어떡하지. 뼈 부러지는 거 아닐
까."

안혜리의 속삭임이 명령이라는 건 바로 알았
다. 상대가 누구든 간에 김은아를 내보낼 마음
은 처음부터 없었을 것이며 싸움은 결국 내 몫
이 되었을 것이다. 그건 정의감의 발로라기보다
는 소유욕에 가까웠다. 다른 녀석이, 그것도 개
가, 허락도 없이 자신의 몫에 손댈 수는 없다는
것이다. 그 소유욕이 닿는 대상은 김은아 외에도
많았으므로, 잡음이 생길 때마다 나는 주먹을 휘
두르거나 목소리를 높여야만 했다.

나는 개도 인간도 아니고 무언가 다른 거였
다. 남자애들은 내가 안혜리의 남편이라고 말했

다. 나는 남편이라도 될 수 있어서 좋았지만, 남편 노릇을 해야 할 때면 일곱 살 때 보았던 안혜리의 모습이 머릿속에서 되살아났다. 처음 본 애에게 고양이 무덤을 파게끔 시킨 다음 옆에서 기도문을 읊던 여자애의 심장과, 내 등에 맞닿아 두근거리는 심장은 얼마나 멀리 떨어져 있을까. 처음부터 하나였을까, 혹은 시간이 흐르며 완전히 갈라서버린 것일까. 알 수 없다. 알 수 없는 것은 알고 싶지 않기 때문이다.

"내가 할게."

그렇게 대답하자 안혜리는 나를 조금 더 강하게 끌어안았다가 이내 풀어주었다. 그러고는 손바닥으로 내 등을 슬쩍 밀었다. 나는 투견장으로 나서기에 앞서, 힐끔 뒤를 돌아보며 그 애의 이목구비를 눈에 담았다. 안혜리의 크고 둥근 눈에는 숭고한 느낌이 고스란히 남아 있었고, 그래서 아주 가뿐하게 박경수를 때릴 수 있을 듯했다. 하지만 그 생각이 속임수에 불과하다는 것도 알았다.

이유가 어떻든 간에 박경수와 김은아는 불쌍

한 애였고, 안혜리는 못된 애였고, 나는 못된 애의 곁에서 못된 짓을 함께하고 있었다. 나는 박경수를 팼다. 박경수는 울었다. 무덤에 침을 뱉듯이 이곳저곳에서 와자지껄한 웃음이 터져 나왔다. 격렬한 소음 속에서 김은아는 울음과 웃음이 반씩 섞인 표정을 지었다. 안혜리는 인형을 다루듯 두 손으로 김은아의 뺨을 어루만지고 살짝 흔들었다. 김은아가 웃었다. 나는 웃을 마음도 울 마음도 들지 않았으므로, 안혜리의 곁으로 돌아와 그 자리에 가만히 서 있었다.

◆◆◆

"냉장고에 케이크 있는데, 먹을래?"

"나중에."

"몇 시에 갈 거야?"

"9시쯤. 너희 아빠 오시기 전에는 가야지."

"뭐 어때서. 그냥 자고 가."

"너희 아빠가 나 싫어하잖아. 그냥 일찍 갈게."

그날 저녁에 나는 안혜리의 침대에 누워 있었

다. 자주 있는 일은 아니었지만 놀랄 만한 사건
도 아니었다. 안혜리의 아버지는 10시가 넘어서
야 들어왔고 어머니는 없었으므로 그 애의 집은
곧잘 아지트처럼, 무료 룸카페처럼 쓰였다. 도
우미 아주머니가 들르는 시간대만 아니라면 아
무 때나 갈 수 있었고 무엇이든 할 수 있었다. 그
사실에는 자유 이상의 찬란이 깃들어 있었는데,
집이 텅 빈 애는 많을지라도 친구를 데려왔다가
부끄러운 꼴을 보일까 봐 걱정할 필요가 없는
애는 안혜리가 유일하다는 점에서 그랬다.

　집에 있기만 해도 부모에게 뺨을 얻어맞거나
한 소리를 듣는 애들이 많았다. 건물 자체가 문
제일 때도 있었다. 나는 둘 다였다. 304호에서
202호로, 202호에서 503호로 명패가 바뀌었을
뿐이지, 내 주소지는 언제나 원룸촌이었다. 그리
고 엄마랑은 사이가 영 나빴다. 그래서인지 깨
끗한 이불 속에서 섬유유연제 향기를 맡을 때면
아웃렛 가구 전시장을 두리번거리는 기분이 들
었다. 내 몫도 아니고 가지지도 못할 매트리스를
괜스레 꾹꾹 눌러보다가, 불쑥 직원이 다가오면

도둑이라도 된 듯한 심정으로 물러나는 것이다.

머리핀이나 화장품 따위를 훔칠 때면 들키더라도 당당할 수 있었다. 물건이야 돌려주면 그만이고 나는 엄마에게 좀 맞으면 일이 끝났다. 하지만 에어컨 바람과 행복감을, 아무 일도 없이 평화로운 시간을 훔칠 때면 마음 한구석이 들뜨는 만큼 반대편이 가라앉았다. 아웃렛 직원이 나를 그저 내버려두는 것은 훔친 것을 되갚게 할 방법이 없기 때문이고, 그래서 가구 전시장의 나는 불량아가 아니라 비둘기나 길고양이 같은 게됐다.

지금도 안혜리는 커다란 고양이를 끌어안듯 나를 등 뒤에서 껴안고 있었다. 따뜻하지만 덥지 않고, 가느다랗지만 앙상하지 않은 손이 내 배를 더듬듯 감쌌다. 내용은 딱히 중요하지 않은 말들, 이해도 소통도 바라지 않고 그냥 내뱉고 싶어서 하는 말들, 다만 서로의 존재를 확인하려는 말들이 우리 사이의 침묵을 메웠다.

"그나저나 아까, 박경수 우는 거 불쌍하더라. 너무 세게 때린 거 아니야?"

"그런 애들은 가만히 있다가 넘어져도 울어."

"우리 은아."

"은아, 귀엽지."

"은아네 횟집 가본 적 있어? 나중에 한번 애들이랑 갈래?"

"가봤자 술 못 뚫어. 걔 남동생이 우리 알아."

"1학년에 김현서잖아. 키 엄청 작은 애."

"키 작은 남자애들은 원래 고등학생 때 몰아 큰대."

"그나저나 너 170 넘지. 아직도 키 크는 중이야?"

"저번에 쟀을 때 172였어."

"너 예전부터 엄청 컸는데. 초등학교 들어오기도 전부터."

"으응."

"초등학교 1학년 때, 그때 선생님이 너 대놓고 싫어했었어. 수업 시간에 네가 복도에서 혼자 우는데 나가보지도 않고 계속 수업만 했지. 그래서 내가 너 찾아서 얼굴 씻겨줬잖아."

"그랬나."

"난 너 처음 만났을 때 남자애로 착각했어. 옆자리에 앉은 다음에도 계속. 1학년 여름방학 지나서 겨우 알았어. 머리카락도 짧고, 말도 짧고, 선생님 말도 안 듣고, 짜증 나면 아무나 때리고. 아무 때나 소리 지르고. 옷도 잘 안 갈아입고. 학교에 욕실 슬리퍼 신고 오고."

"지금은 안 그래."

"내가 시키면 하잖아."

그 말과 함께 안혜리의 웃음이 내 등줄기를 간질였다. 이어지는 말이 웃음의 일부인 듯 매끄럽게 따라붙었다.

"윤서래가 가끔, 너 왜 데리고 다니냐고 그래. 걔 진짜 웃기지?"

윤서래는 키가 유난히 작고 수다스러운 여자애였다. 오밀조밀한 얼굴이 인형처럼 귀여웠다. 그런데 인형 같은 애가 사람 취급을 받으려면 사람보다 더 사나운 구석이 있어야만 해서, 숨기고 싶은 사실도 몇 가지 있어서, 성격은 딱히 귀엽지 않았다. 그 애는 나를 어떻게든 안혜리의 곁에서 밀어낸 다음 그 자리를 차지하고 싶어서

안달이었다. 웃긴 애라고 비웃음을 보낼 수도 있
겠지만 나로서는 딱히 내키지 않았다.

"그렇구나."

짧게 대꾸하자 안혜리도 더 말하지 않았다. 침
묵 속에서 생각이 부풀어갔다. 고양이를 묻은 날
은 인화된 사진처럼 머릿속에 각인되었지만 꿈
과 인식이 뒤섞이는 자리에서는 전혀 다른 상像
이 맺히곤 했다. 무릎을 굽힌 채 작은 두 손으로
고양이를 안아 드는 여자아이의 모습. 새하얀 원
피스에 기꺼이 고양이의 피를 묻히는 일곱 살의
안혜리. 혹은 다른 애들이 뭐라든 간에 나를 챙
기는 안혜리.

나는 큰 키를 제외하면 항상 모자라거나 이상
한 애였다. 그래서 겉돌았다. 지금도 안혜리를
제외하면 학교 밖에서 연락하는 애가 없었고 초
등학교에 막 들어갔을 때는 더 심했다. 온종일
동네를 돌아다니다가 혼자 밥을 차려 먹고 자는
게 일상이었던 애가, 엄마한테 듣는 말이라고는
짜증이나 욕밖에 없었던 애가 사람과 어울리는
법을 스스로 깨우친다면 기적일 것이다.

그때는 세 마디 이상의 문장을 만드는 법을 몰랐고 머리를 얼마나 자주 감아야 하는지도 몰랐다. 엄마 티셔츠와 원피스의 차이마저 몰랐다. 내가 아는 건 옷이 더러워지면 대야에 넣고 물을 받아야 한다거나, 배가 고프면 냉장고에 있는 걸 전자레인지에 돌려 먹으면 된다는 것뿐이었다. 선생의 말을 듣지 않은 건 말뜻을 이해하지 못했기 때문이었고, 짜증을 내거나 싸움을 벌이고 다닌 것도 비슷한 이유였다.

　하지만 안혜리는 나를 데리고 다녔다. 도서관에 데려가더니 한글을 처음부터 가르쳤고, 샴푸와 바디워시의 차이를 알려줬다. 아이들에게 욕을 하면 안 되는 이유를 설명했다. 나도 머리가 그럭저럭 굴러갔으므로 열 살 즈음에는 사람 꼴을 갖췄다. 그래서 나는 투견 시합장에서 개가 아니라 사람일 수 있었다. 안혜리가 내게 베푼 은혜에 선의가 담기지 않았을지라도, 그 모든 노력이 단지 커다란 길고양이를 씻기고 조련하는 일에 불과했을지라도 나는 지나온 시간의 결과가 그 자체로 고마웠다.

물론 그 고마움을 마냥 기쁘게 끌어안지는 못했다. 내 키가 지금보다 작았더라면, 그래서 현수가 되지 못하고 현수영으로만 남았더라면 나는 김은아보다 하찮은 취급을 받았을 것이다. 안혜리는 내가 박경수에게 얻어맞도록 내버려둔 다음 놀리듯 뺨을 어루만져주었을 것이다. 그런데도 나는 안혜리를 떠나지 못하고 그 모든 모멸을 감사히 받아들였을 것이다.

나는 그 애가 어떤 식으로 아이들을 길들이는지 잘 알았다. 안혜리의 가장 큰 매력은 넓고 깨끗한 집이나 외모 따위가 아니라 기꺼이 바칠 수 있는 것과 희구하는 것을 각자의 저울에 올려서 마술 같은 균형을 맞추는 재주였고, 그래서 그 애는 어떤 의미로든지 필요한 사람이 되었다. 김은아도, 나도, 윤서래도, 다른 애들도 안혜리에게서 자신의 갈망을 찾으려 애썼다. 그리고 그게 사기에 불과했음을 깨달은 뒤에도 흔적에 충성을 바쳤다.

"혜리야."

그 사실을 떠올리자 심장이 묘하게 묵직해져

서, 나는 가만히 불렀다.

"왜?"

"그냥 불러봤어."

안혜리가 웃음을 터뜨렸다. 나도 웃었다. 그렇게 경쾌한 소리가 한바탕 지나간 뒤에도 심장의 무게는 여전했다. 나는 그 감각에 불안이나 답답함이나 무력감 같은 이름을 붙여보다가 이내 그만두었고, 눈동자만을 굴려 반쯤 열린 문틈을 살폈다. 거실 벽에 양을 치는 목자의 그림이 걸린 게 보였다. 그늘이 드리운 탓에 하얀 옷은 어둡게 물들었고 목부터는 아예 시야를 벗어나 있었다. 목자의 발치를 맴도는 양 떼는 마찬가지로 어둠으로부터 기어 나오는 괴물을 연상시켰다.

안혜리가 목자고 우리가 양이라면 좋겠지만 우리는 그 반대였다. 나는 그런 자각을 억누르고는 주기도문을 읊던 안혜리의 옆모습을 찾아 기억 속으로 빠져들었다. 거실의 그림 아래 적힌 문장이 이어 떠올랐다. 내 양은 내 음성을 들으며 나는 저희를 알며 저희는 나를 따르느니라…….

◆◆◆

안혜리의 아버지는 평소보다 일찍 들어왔다.
8시 30분이었다. 나갈 준비를 마친 다음 소파에
앉아 이런저런 이야기를 주고받는데 키가 껑충
하니 크고 마른 중년이 불쑥 현관에 나타났다.
남자는 나와 안혜리를 힐끔 보더니 아무 말도
없이 부엌으로 걸어가 물을 마셨다. 컵을 내려놓
기 전에 떠나라는 말을 전하려는 듯했다. 나는
떠났다.

그렇게 동네의 왼편을 벗어나 집으로 돌아가
는 동안 나는 두 가지의 공간을 겹쳐 떠올렸다.
안혜리의 집 거실에는 매끈한 진녹색 소파와 온
실에 가져다 놓아도 어색하지 않을 식물 화분이
있다. 번잡스러운 것은 하나도 없다. 실타래처럼
엉킨 멀티탭은 물론이고 전선 끄트머리조차 보
이지 않는데도 전자제품들은 하나같이 완벽하
게 작동한다. 벽걸이 TV는 벽에서 그대로 자라
난 듯 이음매가 말끔하고, 로봇 청소기는 보이지
않는 곳에서 나와 거실을 맴돌다가 보이지 않는

곳으로 되돌아간다. 그 정연하고 깨끗한 풍경을 내려다보며 양을 치는 목자의 그림.

반면 내 주소지는 동네의 왼편도 오른편도 아닌 변두리의 원룸촌을 벗어난 적이 없다. 304호에서 202호로, 202호에서 503호로 명패가 바뀌었을 뿐이지, 현관문 너머의 모습은 언제나 똑같다. 직사각형 공간에 가벽을 두어서 억지로 거실과 방을 분리한 구조다. 폭이 두 걸음밖에 되지 않는 현관을 지나면 싱크대와 가스레인지와 냉장고와 세탁기가 한데 모인 거실이 나온다. 화장실 앞에 놓인 리빙박스에는 갖가지 물건이 담겨 있는데, 가장 아래에 무엇이 있는지는 모른다. 뒤집어보아야 녹슨 머리핀이나 오래전에 분실 신고를 마친 카드 따위나 찾고 말 것이다. 방의 왼편에는 붙박이 옷장과, 화장대와, 빨래 건조대와, 잡다한 물건들이 있다. 오른편에는 매트리스가 있는데 보통은 혼자 잠들게 된다. 일어날 땐 둘이다. 엄마는 보통 새벽 늦게 들어와서 한낮까지 자기 때문이다.

그래서 나는 안혜리의 집을 떠나 내 집으로

돌아올 때마다 두 집의 차이에 대해 생각하기를 멈출 수 없었고, 길가를 따라 걷는 동안에는 창문마다 다른 세계가 담겨 있으리라는 사실에 놀라움과 공포를 느끼곤 했다. 그 공포는, 서로 다르거니와 이해할 수조차 없을 것들이 도로변에서만큼은 서로 맞부딪치며 흘러간다는 데에서 시작되었다. 그 만남이 한순간에 불과하며 그래야만 한다는 사실. 어떤 세계는 깊이 들여다볼수록 추잡하고 너저분한 구석만 눈에 들어오기 십상이라서, 연민과 낭만을 간직할 만큼의 거리를 유지해야 한다는 사실.

나는 안혜리를 집에 데려온 적이 한 번도 없었다. 안혜리도 올 마음이 없을 것이다. 원룸촌 입구에 멀뚱히 서 있는 가로등이 음식물 쓰레기 봉투를 비추고 있었다. 잉크 얼룩 같은 게 빛을 갉고 있었는데, 다시 보자 길고양이였다. 뜯어진 비닐봉지로부터 갖가지 음식 덩어리가 비어져 나오는 게 어설픈 좀비 영화의 한 장면 같았다. 비닐봉지 뜯는 일에만 몰두해 있던 고양이는 어느 순간 내 존재를 깨닫고 캬옹 소리를 내며

어둠 속으로 내달렸다. 그게 신호라도 된 것처럼
개와 고양이들이 이곳저곳에서 외치기 시작했
다. 섞이지 못할 이중창이 마주 보는 창문 사이
를 지그재그로 건너뛰며 메아리치듯 불어났다.
그러고는 어느 순간부터 고함이 섞여들었다. 개
를 조용히 시키라고 외치는 목소리가 개만큼이
나 시끄러웠다.

　이 원룸촌에는 창문과 사람이 많았으므로 개
와 고양이도 많았다. 고양이들은 창문이 조금이
라도 열리면 금방 도망갔지만 개들은 병든 사람
의 몸에 달라붙은 그림자처럼 굴었다. 침대를 벗
어나진 못하면서 앓는 소리만 내는 게 일상이었
다. 그래서 나는 이따금 자기 삶을 온전히 챙기
지 못한 사람들의 존재를 짐작하면서, 그들이 방
에 가둬두는 개들의 존재를 귀에 담으면서, 그들
이 자신의 과거를 다루듯 개를 대한다고 느꼈다.
언젠가 놓쳐버린 삶이, 지금조차 수습할 자신이
없지만 포기하지도 못할 삶이 동물의 모습으로
다시금 찾아온 것처럼 개를 예뻐하고 못되게 군
다고 느꼈다. 그러니 반대로, 고양이를 기르는

사람들은 길거리에서 홀로 살아갈 수 있는 존재들이 도망을 택하는 대신 곁에 머무른다는 사실에 자부심을 느끼는지도 모른다.

안혜리는 내가 고양이를 닮았다며 말하곤 했다. 엄마는 나를 자신의 과거로, 덤으로, 새끼일 때 생각 없이 데려왔다가 너무 커져서 처치가 곤란해진 대형견으로 대했다. 나는 터진 음식물 봉지를 한참이나 내려다보다가 모든 소음이 밤의 공기 속에 흩어진 뒤에야 걸음을 옮겼다.

◆◆◆

사는 세계가 다르다는 말이 비유가 아니라 물리적인 사실이기라도 한 것처럼 집에 들어서면 안혜리의 연락이 뚝 끊겼다. 통화는 물론이고, 메시지도 어디로 나오라거나 어디에서 만나자거나 하는 말을 제외하면 없는 것이나 마찬가지였다. 대신 안혜리는 나를 돌려보낸 다음부터 윤서래와 떠들었다.

나는 한 문장을 집어넣으면 한 문장을, 두 문

장을 집어넣으면 두 문장을 돌려주는 기계였다. 반면 윤서래는 좋아하는 것도 싫어하는 것도 확실해서, 마음을 숨기는 척하다가도 드러내 보일 기회만 노리는 유형이라서, 툭 건드리기만 하면 갖가지 말이 쏟아져 나왔다. 그러니까 아마 속 깊은 대화는 주로 윤서래의 몫일 것이며 안혜리는 윤서래의 성격을 비웃는 만큼 아끼고 있을 것이다.

역할의 차이는 쓸모의 차이였다. 나는 내 존재조차 안혜리에게는 다양한 쓸모 중 하나일 뿐이라는 사실에 씁쓸함을 느꼈지만 안혜리의 모든 면을 감당할 자신은 없어서, 지금의 균형에 만족했다. 안혜리가 자신을 중심으로 펼쳐놓은 관계들은 일종의 거래 계약이었다. 불공평할 때도 있고 아쉬울 때도 있지만, 어떤 이유로든 필요하기 때문에 차마 거부하지 못하는 거래. 혹은 강매가 아니라면 결코 성립하지 못할 거래.

나는 그 거래들의 명세를 곱씹다가 이내 그만두었다. 그러고는 도서관에서 빌려온 책을 펼쳤다. 책을 읽다 보면 잘 정돈된 길을 걷는 기분이

들었고, 단어를 붙잡고 따라가는 것만으로도 내 앞에 펼쳐진 세계를 흔들림 없이 주파할 수 있을 듯했다. 그리고 한편으로는 내 진짜 삶이 안혜리의 아파트나 이 원룸촌이 아니라 종이 속 어딘가에 있으리라고 믿게 됐다.

하지만 책의 마지막 장을 덮을 때까지도 엄마는 집에 오지 않았고 나는 잠기운 속에서 박경수의 울음소리를 듣기 시작했다. 김은아가 억지로 짓던 웃음도 얼핏 보였다. 그런 회상은 죄책감보다는 자기 연민에 가까웠다. 나는 분명히 불합리한 계약서를 강매하는 입장이었다. 이 짓이 지겨웠지만 이 짓을 계속하기 위해서라면 누구든 걷어찰 수 있었다. 내가 그걸 선택했다.

◆◆◆

그날은 평소보다 훨씬 늦게 잠들었다. 일어나보니 엄마가 내 한쪽 팔에 머리를 얹은 채 잠들어 있었고, 시간은 12시 30분이었다. 지금 출발하더라도 급식실에 제때 도착하기엔 글렀다. 점심을 먹지 못한다면 학교에 갈 이유가 절반 사라지는 셈이었다.

한 달에 두어 번쯤 이렇게 공치는 날이 생겼다. 그러면 나는 냉장고에 있는 음식을 아무거나 데워 먹고 학교가 끝날 때까지 도서관에 죽치고 있었다. 이유는 책 외에도 많았다. 도서관은 PC방이나 카페와 달리 돈이 들지 않고, 여름에는 에어컨을 틀어주는 데다가, 아웃렛에 있을 때처럼 주눅 들 필요도 없었다. 소파에 누워 소설책을 슬슬 넘기다가 7교시가 시작될 무렵 학교로 향했다. 늦게나마 남편 노릇을 하러 갈 시간이었다.

그러니까 내가 학교에 가는 이유의 절반은 점심이었고 나머지 절반은 안혜리였다. 늦잠만 아니라면 어떻게든 12시가 되기 전에 교실에 도착했지만 공부가 내 몫이라는 생각은 도무지 들지 않았다. 나는 언제나 교과서를 밑에 펼쳐놓고 도서관에서 빌려온 책을 읽는 애였다. 반응은 각양각색이었다. 내가 '노는 애들'처럼 시끄럽게 떠들거나 같잖은 시비를 거는 대신 얌전히 책을 읽는다는 데에 만족하는 선생이 있는가 하면, 나를 가늠자로 써서 안혜리 무리의 해부도를 그려 보려는 선생도 있었다. 그리고 어떤 선생은 유달리 높은 국어 성적에 주목했다. 올해 만난 국어 선생이 그랬다.

국어 선생은 한 달에 두세 번 나를 교무실에 불러서 진지하게 공부를 해볼 생각이 없냐며 묻곤 했다. 시궁창에서 주운 쇳덩어리가 사실은 금화임을 증명하기 위해 손수건을 찾아 헤매는 사람 같았다. 하지만 나는 오늘도 학교를 빠졌고, 지금은 선생의 실망이야 어떻든 간에 정문 근처를 서성거리며 7교시가 끝나기를 기다리고 있었다. 아이들이 쏟아져 나오기까지 10분쯤 남았다.

중학교는 적갈색 빌라 단지와 서로 마주 보고 있는데, 학교 부지 지대가 높은 까닭에 담장이 빌라의 절반 높이였다. 담장 위에 솟은 울타리 너머로 낡은 연갈색 학교가 얼핏 보였고, 그 뒤편에는 회백색 신축 아파트가 높이 솟아 있었다. 물때 가득한 적갈색과 밋밋한 연갈색과 깨끗한 회백색. 이 건물들은 키를 높여 흙바닥으로부터 멀어지면서 색깔 또한 떨쳐내는 듯했다. 나는 콘크리트로 만들어진 그래프를 물끄러미 바라보다가 고개를 돌렸다. 운동장은 아직 텅 비었고 정문에도 사람이 없었다. 야구 모자를 눌러 쓴 남자 하나가 길목에 나타났을 뿐이었다.

그런데 학원 전단을 돌리려는 것처럼 보이진 않아서, 나는 묘한 흥미를 느꼈다. 좌판은 플라스틱 접이식 탁자인 데다 들고 온 건 아이스박스 하나뿐이었다. 위생 장갑도 끼고 있었다. 잠시 주위를 두리번거리던 남자는 아이스박스를 열어 흰 덩어리가 얹힌 사각 쟁반을 꺼냈다. 가까이 가서 보자 생쥐 모양의 미니 케이크였다. 얼핏 보기에는 진짜 생쥐로 착각할 만큼 감쪽같았다. 좌판 차리기에 열중하던 남자가 내 그림자를 깨닫고 고개를 들었다. 그러고는 화들짝 놀라 몇 걸음 뒤로 물러났다. 이제야 얼굴이 훤히 보였다. 눈이 크고 뼈대가 갸름한데, 살이 전혀 붙지 않아서 볼품없는 모습이었다. 두 손으로 뺨을 붙잡은 다음 꾹 눌러버리면 곧바로 납작해질 것만 같았다. 괴물이라도 만난 것처럼 겁먹은 표정.

"시식 행사 하러 온 거 아니에요?"

딱딱하게 굳어 있던 남자는 무언가 말하려는 듯싶더니 이내 입을 다물고 고개만을 끄덕였다. 핏기 가신 얼굴 속에서 새까만 눈동자만 바쁘게 굴러다녔다. 나는 내가 뭘 잘못했나 생각해봤다.

"저, 얼굴에 뭐 묻었어요? 이상한 거 있나?"

남자가 고개를 내저었다.

"저도 여기 학생인데."

남자는 반응하지 않았다.

"하나 먹어봐도 돼요?"

나를 물끄러미 바라보던 남자는 아무 말도 없이, 땅바닥으로 시선을 옮겼다. 석고 조각상처럼 창백한 뺨에 식은땀이 송골송골 배어 나오는 게 보였다. 나는 대답을 기다리면서 생각을 가다듬었다. 애당초 간식거리가 탐나서 던진 질문은 아니었다. 잘 만들었고 냄새도 좋은 케이크였지만, 파는 물건이라면 하나에 만 원쯤 하겠지만 남자는 확실히 수상쩍었다. 이런 케이크를 만드는 것 치고는 밥도 제대로 못 먹고 다니는 듯했거니와 어느 가게에서 진행하는 행사인지도 알 수 없었다. 세상에는 얼굴도 모르는 사람을 죽이려고 폭탄을 설치하는 사람도 있으니까, 크림 밑에 농약이나 락스를 숨겼을 가능성도 있었다. 처음에는 그러려니 했던 위생 장갑까지 수상해 보였다.

"제일 오른쪽 거 먹을게요."

하지만 그런 가능성에도 불구하고 내 삶은 얻을 것 없는 도박에 걸어볼 만큼 하찮은 판돈처럼 느껴져서, 궁금하기도 해서 나는 그냥 케이크를 집어 들었다. 크림층이 손가락 사이에서 살짝 눌려 들어갔지만 뭉개지지 않을 만큼은 단단했다. 머리부터 배까지, 생쥐의 절반을 입안으로 집어넣자마자 나는 놀랐다. 겉보기만으로도 느껴지긴 했지만 낡은 빵집에서 파는 싸구려 케이크와는 전혀 다른 크림이었다.

나는 크림 덩어리를 입안에서 굴리다가 아쉬운 마음으로 삼켰다. 그러고는 절단면을 살폈다. 크림층 아래로, 빵 사이에 낀 투명한 분홍색 덩어리가 얼핏 보였다. 복숭아 젤리였다. 진득한 젤에 가까운 제형이라 크림이나 빵과도 잘 어우러졌다. 이런 건 안혜리의 집에서도 먹어본 적이 없다는 생각이 떠올라서 마음이 약간 놓였다. 묻지 마 테러를 하려고 이런 정성을 들일 사람은 없을 거였다.

"맛있네요."

남자는 여전히 반응이 없었다. 불안감이 다시 강해졌지만 이 분위기 바깥으로 성큼 걸어 나가기엔 묘하게 미안해서, 나는 조금 더 기다렸다. 그러다 보니 어느덧 종례가 끝났다. 시끌벅적한 소리가 한 발짝 먼저 밀려 나왔고 교복 무리가 정문으로 쏟아지기 시작했다. 그중에서 교복과 사복을 섞어 입은 아이들은 물속의 기름방울처럼 눈에 띄었다. 눈에 띄는 아이들 중에서도 제일 눈에 띄는 한 사람, 안혜리가 멀리서부터 나를 발견하고 손을 흔들며 다가왔다.

"국어가 현수 어디 갔냐면서 찾더라. 왜 안 왔어?"

"늦잠 잤지, 뭐."

"그런데 이 케이크 뭐야? 시식?"

안혜리도 좌판에 흥미를 보였다. 윤서래가 그 뒤에서 나타나더니 말을 얹었다.

"이상한 사람인가봐. 요새 이런 범죄 많대."

그 말을 시작으로 아이들이 개미 떼처럼 몰려들었다. 학원에서 홍보물을 나눠줄 때는 사탕만 챙기고 전단은 휙 버리지만, 이상한 사람은 받을 게 없어도 구경하려는 것이 사람의 마음이다. 정체를 추궁하는 질문이 이곳저곳에서 날아들었다. 호기롭게 케이크를 베어 무는 남자애도 하나 나타났다. 괜히 2층 창문에서 뛰어내리면서, 만용을 자랑거리로 삼는 것과 비슷한 태도였다.

그런데 케이크가 의외로, 무척이나 맛있다는 게 밝혀지자 분위기가 훨씬 달아올랐다. 스릴러인지 시트콤인지, 장르가 모호한 쇼를 구경하다가 기분 좋은 반전을 경험한 시청자들 같았다. 하지만 케이크를 먹어보려는 아이는 더 이상 나타나지 않았다. 두 손을 좌판에 얹은 채 움직이지도 말하지도 않는 남자를 이해할 수 없어서였을 것이다. 눈가가 조금 축축해진 게 식은땀이 아니라 눈물 때문이리라는 추측만 겨우 가능했다. 남자는 울려 하고 있었다. 우는 것은 약한 것이다. 안혜리는 사람이 약해질 때를 잘 알아보았다.

"아저씨, 이거 아저씨가 만든 거 맞죠?"

안혜리의 손이 남자의 손에 얹혔고, 장갑 낀 손이 꿈틀했다. 물방울 하나가 고요한 수면에 진동하는 원을 퍼뜨리듯이 그 지점에서부터 바뀐 분위기가 안혜리의 뒤편으로, 내게로, 저 멀리 서 있는 아이들에게로 퍼져 나갔다. 남자의 고개도 슬쩍 움직였다. 안혜리가 맞닿은 손을 통해 부드러운 말을, 속삭임 같은 명령을 불어넣었다.

"아저씨가 먹어봐요. 이상한 거 들어 있으면 안 되잖아요."

◆◆◆

남자는 벌벌 떨면서 케이크를 입에 넣었다. 먹는다기보다는 넣었다. 안혜리가 하나를 더 먹어보라고 시키자 남자는 그대로 했다. 하나 더, 더, 더. 억지로 케이크를 입에 쑤셔 넣는 깡마른 남자는 이상하게만 보였지만 아이들은 그 순간의 분위기에 사로잡혀 즐거워하고 있었다. 분위기란 그런 것이다. 먼 옛날 콜로세움에서, 곰과 호랑이가 죄인을 찢어발기는 장면을 기쁘게 구경하던 고대인들도 평소에는 친구와 가족들에게 다정했을 것이다. 죽은 이에게는 애도를 바쳤을 것이다.

하지만 어쨌거나 지금은 평소가 아니었으며 남자도 우리의 친구가 아니었다. 남자는 다섯 개째 케이크에서 지쳤고, 비틀거리며 몇 발짝 물러나더니 속에 있는 것을 게워내기 시작했다. 두 손이 절박하게 입을 틀어막았지만 아무 소용도 없었다. 하얗고 미끈한 덩어리가 위생 장갑의 표면에 맺혔다가 팔뚝을 따라 흘러내리는 모습이 병든 나뭇가지 같았다. 곤죽이 된 케이크가 아스팔트 바닥에 흰 웅덩이를 만들더니 야구 모자가 웅덩이 한복판에 떨어졌다. 남자의 부릅뜬 검은 눈에 그 형상이 스치고는 눈물이 식은땀과 뒤섞여 뺨을 감쌌다.

얼마 지나지 않아 즐거운 비명이 선생들을 학교 밖으로 끌어냈다. 당황한 선생들은 아이들을 흩어 보낸 뒤 남자를 데리고 갔다. 우리도 발걸음을 옮겼지만 남자의 정체는 궁금증으로 남았다.

"아까 그 아저씨, 뭐였을까?"

"그냥 정신병자 아니야?"

"아까 먹은 애가 케이크 맛있다던데. 호텔에서 파는 거 같대."

"호텔에서 일하다가 미쳤나 보지. 그래서 자기가 계속 호텔에 있는 줄 착각하는 거고. 뭐 만드는 사람들 자주 그런대. 작가나 화가 같은 거."

"야, 맞다. 정신병 걸린 화가 그림 볼래? 그거 진짜 예술 같더라. 잘 그린 거랑 예술이랑 좀 다르잖아."

"뭔데? 나도 볼래. 나도."

"뭐로 검색해야 나와?"

그런데 사실 이상한 사람은 어디에나 있기 마련이었다. 안장 없는 자전거나 생뚱맞게 길 한복판에 엎어진 고무 대야와 비슷했다. 우리는 남자를 금방 잊었고, 노래방에 들렀다가 안혜리의 집으로 향했다. 오늘은 술도 있었다. 술을 구하는 역할은 대개 부모가 식당을 운영하는 애들이 맡았는데, 식당 냉장고에서 쓱 꺼내오면 됐기 때문이었다. 이번에는 김은아 차례였다. 김은아는

소주든 맥주든 잘 훔쳤지만 정작 즐겁게 마시진
못하는 애였다.

"은아는 안 마셔? 은아가 가져온 건데, 은아도
한잔해야지."

"속이 안 좋아서."

술잔을 들이미는 손을 앞에 두고서, 김은아는
아까 보았던 남자처럼 머뭇거렸다. 경쾌한 웃음
소리 속에서 그때의 분위기가 되살아났고, 윤서
래가 팔꿈치로 가볍게 김은아를 찔렀다.

"비린내는 알코올로 잡는다잖아. 알지?"

아이들의 웃음소리가 커지다 못해 거세졌다.
김은아도 마지못해 웃었다. 어린아이가 크레용
으로 그린 것처럼 어설프게 흔들리는 표정이었
다. 나는 안혜리 옆에서 가만히 물을 홀짝거리면
서, 누가 윤서래에게 그런 농담을 가르쳤을지 가
늠해봤다. 엄마일까, 아빠일까, 아니면 다른 사
람일까. 윤서래가, 자신이 배운 걸 남에게 마음
껏 쏟아내는 애가 된 것은 어째서일까. 여기 모
인 아이들은 모두 비슷한 부류였지만, 그중 하나
가 되어서 이런 걸 따지는 건 이율배반이겠지만

윤서래는 특히 심했다.

언젠가 다른 애들이 윤서래를 두고 이런저런 이야기를 나누는 걸 들은 적이 있었다. 키가 유독 작고 귀여운 여자애들이 모두 그러는 건 아니지만, 인형 같은 여자애 중에는 이상하게 예민하고 날카로운 애들이 있다고 했다. 평소에는 귀여운 말투로 떠들어대다 툭 건드리면 울어버리기도 하는데, 사실은 면도날을 숨겨둔 슈크림 같다고 그랬다. 유력한 가설은, 그 애들이 정말로 인형이기 때문이라는 거였다. 인형이 사람 대우를 받으려면 사람보다 더 사나워져야 하기 때문에, 얕잡혀 보였다가는 금방 저 밑으로 추락해버리기 때문에, 자신을 지키기 위해서는 그래야만 할 거라고 했다. 그러다가 그 습관이 태도로, 태도가 영혼으로 굳어져버린 거라고 했다.

하지만 그 영혼은 안혜리 앞에서만큼은 누그러졌으므로, 안혜리는 윤서래를 가족 놀이용 아기 인형처럼 아꼈다. 내가 안혜리의 남편이라면 윤서래는 내 딸이라는 뜻이 됐다. 그래서 나는 이따금 그 애가, 자신이 결코 남편 역할을 맡을 수 없으리라는 사실에 짜증을 내는 중이라고 느꼈다. 윤서래는 내게 엉겨 붙다가도 기회만 있으면 나를 웃음거리로 만들려 애썼다. 가족 놀이의 후광이 사라지더라도 자신이 여전히 안혜리의 곁에 남을 것임을 증명하려는 듯했다.

그런 노력은 속이 뻔히 들여다보였지만 아이들은 입을 다물어주었다. 누가 타지도 못하는 오토바이로 폼을 잡다가 고등학생 형들에게 맞았다더라, 하는 이야기를 일상처럼 떠드는 애들 사이에서도 신사협정은 있기 마련이었다. 그 협정이 보호하는 게 전혀 신사적이지 않을지라도 그랬다. 그 협정의 목록이란, 어떤 애 엄마가 집을 나갔다는 것. 어떤 애는 특별한 이유도 없이, 자기 아빠한테, 대낮에, 길거리에서 질질 끌려간 적이 있다는 것. 그 애 아빠는 원래 그런 사람이라는 것. 그리고 내가 나라는 것. 마음 같아서는 떼어놓고 싶지만, 그러기 위해서는 삶 자체를 뭉텅이로 잘라내야 할 사실들.

윤서래 엄마가 동남아에서 왔으며 아버지는 환갑이 넘었다는 사실 또한 협정에 속했는데, 여기에는 아이러니가 작용했다. 그런 협정은 처음부터 필요하지 않았기 때문이다. 한국어보다 카자흐어가 능숙한 애들, 부모님이 모두 동남아에서 온 애들이 학교에 여럿이라는 점에서 윤서래의 사정은 기분의 문제에 불과했다. 그러나 기분은 곧잘 현실을 앞지르는 법이다. 진실이야 어떻든 간에 윤서래는 부모님의 정체를 들키면 무리에서 내쳐질 거라고 믿었다. 그리고 만약 내쳐진다면 갈 데가 없었다.

결국 윤서래는 자기 스스로에게 진 빚을 갚기 위해 남에게 돈을 빌리는 사람이 됐고, 그래서 이 문제에 한해서만큼은 정말로 불리한 자리에 놓였다. 평범한 아이들은 차별이 나쁘다는 말에 선뜻 동의했지만 그게 싫어하는 애의 약점이 되면 금방 물어뜯었다. 혹은 그 애가 물어뜯기는 장면으로부터 눈을 돌려 공범이 되었다. 우리는 모두 조금씩 윤서래를 미워했지만, 그렇다고 윤서래를 내칠 정도는 아니었으므로 침묵해주었다. 그래서 협정에는 계약 이상의 애정이 깃들기 마련이었고 우리는 서로를 감싸며 하나가 될 수 있었다.

"은아, 잘 마시네. 한 잔 더?"

"응, 한 잔 더."

그 은혜에 안긴 것은 윤서래뿐만이 아니었다. 우리 모두가 그랬다. 나도, 다른 아이들 각각도, 심지어 김은아까지도. 나는 머뭇거리던 태도를 내려놓은 채 씩 웃는 김은아를 바라보면서, 뒤에서 오가는 이야기들을 복기했다. 김은아는 아무것도 모르는 아이들 앞에서 안혜리의 이름을 명함처럼 내밀곤 했으며 안혜리는 그걸 알면서도 눈감아주었다. 일이 너무 커지지만 않으면 굳이 버릇을 잡지 않으려는 게 안혜리의 태도였다. 그건 수치와 모멸의 값이었고 김은아에게 필요한 모든 것이었다.

나는 여전한 소음 속에서, 약함과 악함의 경계를 생각하기 시작했다. 우리들 중 누구라도 그저 무해할 수 있었더라면 이러고 있지는 않았을 것이다. 서로를 다른 방식으로 아끼는 법을 알았더라면 그랬을 것이다. 하지만 어느 철학자가 말하길 자연 상태에서 잠든 거인은 난쟁이에게도 죽을 수 있으므로 인간은 평등하다고 했다. 그 말에는 아주 약한 사람조차 상대를 죽일 마음을 품는다는 뜻이 숨어 있는 것 같다.

그러니까 걷어채인 아픔을 자신의 단단함으로 삼는 자세는 둘 중 하나다. 너무 오래도록 앓은 탓에 그만 나아버리기로 결단한 것이다. 혹은 처음부터 아픔이 아니었던 것이다. 죽은 병균으로 만든 백신처럼. 죽은 병균 때문에 몸에 열이 오르더라도 병은 아닌 것처럼. 하지만 우리가 만난 건 살아 있는 병균이었고, 이제 그 병균은 우리가 되었다.

자부심을 느끼지는 않는다. 세상에 대고 봐달라며 용서를 구할 마음도 없다. 그냥 그렇다는 것이다. 박경수가 다시 떠올랐고 언젠가 울먹거리던 김은아의 얼굴이 이어 떠올랐다. 다른 아이들도 보였다. 그러다가 문득 낮에 보았던 남자의 창백한 얼굴이 꼬리를 물었다. 소리 내지 않고 울며 토하는 얼굴. 부릅뜬 검은 눈. 무엇도 바라보지 않으면서 다만 끔찍해하는 얼굴과 눈의 행렬이 지네 마디처럼 징그럽고 징그럽게 이어지다가 초등학생 시절에 가닿았다.

◆◆◆

"초등학교 1학년 때, 그때 선생님이 너 대놓고 싫어했었어. 수업 시간에 네가 복도에서 혼자 우는데 나가보지도 않고 계속 수업만 했지. 그래서 내가 너 찾아서 얼굴 씻어줬잖아."

"그랬나."

어제 안혜리의 방 침대에 누워 있었을 때, 안혜리가 초등학교 1학년 선생님 이야기를 꺼냈을 때, 나는 모르는 척 흘려 넘겼지만 사실 기억하고 있었다. 그 담임 선생 나이가 20대 중후반이었던가, 초등학생의 눈에도 다른 선생님보다 어리게 보였으니까 확실히 젊은 나이였을 것이다. 젊음은 열정을 의미했다. 선량함과 순진함과 긍정에 대한 신뢰를 의미했다. 그러나 기대하지 않는 법을 모르는 사람들은 그 기대로 인해 제멋대로 배신당했다.

사람의 마음에는 다양한 거울과 관문이 여러

각도로 겹쳐 있어서, 시선을 트는 것만으로도 사물에 다른 이름을 붙일 수 있게 된다. 선생님은 나를 부진아로 보다가, 따뜻한 사랑이 필요한 무언가로 보다가, 이내 구제 불능으로 보았다. 그리고 자신의 정성과 사랑이 배신당했다고 느꼈다. 배신감은 곧 미움으로 변했다. 나는 아직도 그 사실에 억울함을 느낀다. 거위는 보석을 꿀꺽 삼키며 염소는 백지수표를 간식처럼 먹는다. 즉 인간이 매기는 값과 동물이 매기는 값은 다르고, 따라서 은혜를 받아들이는 방식도 다르다. 나는 그 점에서 선생님을 저버린 적이 없다. 1학년이 시작될 때부터 끝나갈 때까지, 나는 줄곧 나였다.

그래도 선생님을 과하게 탓하고 싶지는 않다. 초등학교 1학년 아이들은 원체 다루기 어렵지만, 나는 그런 수준을 넘어 끔찍한 아이였기 때문이다. 다른 아이들의 한 해를 망친 것도 결국엔 나였기 때문이다. 안혜리가 그 자리에 있었던 것은, 내가 안혜리의 말만을 들었던 것은, 우연이자 한순간의 추억으로 인한 기적이었기 때문이다. 그러니 원망할 상대를 찾아 기억을 거슬

러 오를수록 나만 아니었더라면 모두가 잘 지냈
으리라는 사실을 인정하게 된다. 좋은 마음을 끝
까지 간직하지 못했다고, 교사는 원래 희생과 헌
신이 필요한 자리라고 강변하고 싶지도 않다. 정
론은 누구도 온전히 지켜내지 못할 만큼 고결하
기 때문에 누구든 입에 담을 수 있는 것이며 그
게 현실과 맞부딪혀 깨지는 순간에는 참담한 운
명이 깃들어 있다.

　선생님 때문에 분노한 건 단 한 번뿐이었다.
엄마의 직업을 들은 선생님은 충격을 받은 듯
눈을 깜박이더니 갑자기 자신의 직함 따위는 모
두 잊고 온전한 한 사람으로 돌아간 것처럼 굴
었다. 의식적인 작용이라기보다는 보이지 않는
망치가 그 인간을 툭툭 건드려 뼈와 심장의 이
음새를 바꿔놓은 것 같았다. 누그러진 눈썹과 부
드러운 포옹이 나를 휩쓸었고, 제멋대로 차오르
는 열정이 맞닿은 가슴팍을 진동시켰다. 나는 다
시금 충만해진 이해와 연민 속에서, 저항할 수
없는 공명 속에서 내 엄마가 망치도 면죄부도
될 수 있는 존재라는 사실에 본능적인 모멸을

느끼기 시작했다. 그리고 내가 여기서 고함을 지른다면 선생님만 더욱 고결한 존재가 되리라는 사실에 수치심을 느꼈다.

어떤 이름 하나로 면죄부를 주는 것은 상대를 사람이 아니라 갑작스러운 강풍이나 폭우에 부러진 나뭇가지쯤으로 보는 태도다. 그 사람의 선택을 선택이 아니라 불가항력으로 취급한다는 점에서 체념과 다를 바가 없다. 그러니까 나는 전적인 면죄부도 죄인 취급도 아닌 무언가를 바랐지만 그 무언가의 정체를 설명할 수는 없었으므로, 오래도록 순간적인 이미지의 세계로 도망쳐 왔다. 낱말보다는 어조가, 본질보다는 감각이 앞서는 곳으로. 매혹이 곧장 이유가 되는 곳으로.

그럼에도 나는 항상 말하고 싶었다. 그때 내가 무엇을 겪었고 지금은 삶의 어느 지점을 통과하고 있는지, 좋고 나쁨이 부등식에서의 좌변과 우변으로 표현될 수 있는 무언가라면 내 수식은 어떤 형태인지, 정연한 형태로 뼈대만 남겨 이해하고 싶었다. 하지만 아직 낱말이 없으니 침묵을 지켰다.

“딸 하나 있다고 하지 않았어?”

“쟤, 여자애야.”

9시가 다 되어 집에 오니 엄마가 있었다. 엄마 남자친구도 있었다.

“애 아빠가 키가 컸나?”

“닮고 자시고 간에 누군질 알아야 말이지.”

“여자애 키가 저 정도면 누군지 바로 알겠는데. 잘 생각해봐.”

“알아서 뭐 해. 이제 지긋지긋하다.”

엄마의 남자친구들은 항상 바뀌었지만 공통점이 있었다. 나를 신기한 장식품처럼 대한다는 것이었다. 하기야 아는 사람 집에 놀러 갔는데 거실 한복판에 홍학 모양 스탠드가 서 있으면 저런 걸 왜 거실에 뒀냐고, 어쩌다가 생겼냐고 물을 것이다. 그래도 저번 남자친구보다는 이번이 나았다. 저번 인간은 내가 무릎까지 오는 롱 티셔츠를 입은 걸 보더니 오피스텔에 나가는 애들이 그런 걸 입는다며 낄낄거렸기 때문이다. 오피스텔은 당연히 사람 사는 집이 아니라 성매매 업소를 말하는 것이다. 그때 엄마가 대꾸하길, 쟤는 성질이 더러워서 그런 거 못 해, 라고 했다.

"고등학생?"

"중학생인데 싹수가 노래."

엄마가 그렇게 말하더니 나를 향해 한쪽 눈썹을 추어올렸다. 어디 좀 나가 있으라는 투였다. 가타부타 할 것도 없었다. 나는 바람막이를 찾아 걸치고 나오면서, 내가 안혜리의 남편인 것처럼 엄마의 남편일 수 있으면 좋으리라고 생각했다. 그러면 엄마는 허구한 날 바뀌는 남자친구를 집에 데려오지 않을 것이며 나는 안혜리의 침대가 아니라 안방 매트리스에 누울 수 있을 것이다. 엄마는 나를 등 뒤에서 안아줄 것이다.

하지만 꿈은 멀었고 4월 말의 밤공기는 차가웠다. 안혜리네 아버지 앞에서 쩔쩔매기는 싫었거니와 곧 10시니까 PC방에서 죽치고 앉을 수도 없었다. 한국 법에 따르면 PC방 같은 가게들은 밤 10시가 되면 애들을 쫓아내야만 하는데, 그건 청소년의 탈선을 막는 게 아니라 어른 귀찮은 일을 줄이려는 구실이라고 본다. 어차피 집에 있지 못해서 나오는 거라면, 편의점에 막연히 서 있기엔 눈치가 보이고 새벽까지 길바닥을 서성여야 한다면 PC방은 차라리 나은 장소다.

건물 입구에서 제자리를 맴돌다가 휴대폰을 꺼내 오래전에 깔아둔 랜덤채팅 어플을 열었다. 선택의 시간이었다. 중학교 3학년 여자라는 것만 밝히면 만나자는 쪽지가 순식간에 100개는 쏟아질 것이며 PC방보다 나쁘고 PC방보다 편한 곳에서 밤을 보낼 수 있다. 용돈까지 두둑하게 받을 것이다. 큰 키나 짧은 머리 따위는 아무상관도 없다. 세상에는 여자이기만 하면 할머니라도 괜찮은 남자가 널려 있으니까. 나는 이런저런 가능성들을 세어보고는 화면을 빤히 노려보았다. 공란으로 남은 성별 칸과 기본 닉네임이 내 미래를 묻는 설문지 같았다.

내가 그걸 공란으로 남겨둔 건 그런 미래가 싫어서가 아니다. 오히려 별다른 느낌이 없어서, 판단을 미루고 싶어서 그러는 것이다. 싫음과 좋음을 판단하는 일. 엄마를 판단하는 일. 텅 빈 마음에는 이따금 선명한 주장보다 더 복잡한 것들이 담기게 되는데, 엄마에 대한 게 정확히 그렇다. 업소에서 일하던 엄마는 스물세 살에 나를 가졌는데, 당시 남자친구가 애를 낳아보자며 설득했고, 그래서 내가 태어났다. 남자친구는 내가 태어나고 1년 반이 지나 잠적했다. 그런 남자치고는 꽤 오래 버틴 셈이다. 그 남자친구라는 사람이 내 아버지라는 보장은 없으니까 그러려니 한다. 엄마가 말하기를 아닐 확률이 높다고 했다. 그러면 누구란 말인가. 그야 아무도 모른다.

하여간 엄마는 그런 남자들을 만나서 그런 애를 낳은 다음 지금도 그런 여자로 사는 중이다. 나는 그런 애지만 그런 여자는 아직 아니며, 그런 삶을 살 마음은 희박하지만 엄마를 미워하거나 깔보고 싶지 않다. 엄마의 삶을 한 단어로 줄인 다음 그저 연민하기도 싫다. 그런데. 이 낱말에까지 그런, 이라는 어절이 들어간다. 그런데 랜덤채팅으로 남자를 한 번이라도 만나보면 역겨워하든 의외로 적성에 맞아 하든 태도가 정해질 게 분명해서, 나는 선택을 미루는 중이다. 쓰레기통에서 일수 전단이라도 꺼내야 하는 사람이 있듯이, 대부분에게는 이게 일고의 가치조차 없는 오답이겠지만 나에게는 선택이다.

나에게는 그런 선택이 아주 많다. 국어 선생이 나를 교무실로 불러서 진로 상담을 해줄 때마다 관심 없는 척 구는 것도 똑같은 이유다. 그 선생 말대로 정신을 차리면 지금 어울리는 애들을 한심하게 여길 텐데, 숨 쉬고 느끼던 모든 것을 부끄럽거나 떨쳐내야만 하는 허물로 생각하게 될 텐데, 엄마를 원망할 것이며 안혜리의 빛마저도 이내 사라질 텐데, 나는 그러기 싫다. 나는 내게 고맙고 따뜻하고 찬란한 것들을 사랑하고 싶다. 비록 그 따뜻함이 후회나 질병이나 죄 같은 것일지라도 말이다.

하지만 정신을 차리는 가능성을 아예 놓으면 선생에게 미안할 게 분명해서, 나는 교무실에서 어떤 소리가 나오든 그저 맞장구친다. 그러니까……. 나는 랜덤채팅 어플을 닫았다. 그런 다음 휴대폰을 주머니에 넣고 원룸촌 앞 골목길을 빤히 바라보았다.

원룸촌 사람들이 밤늦게 집으로 돌아오거나 집을 나서고 있었다. 텅 빈 얼굴을 휴대폰 불빛으로 밝힌 사람들, 비틀거리는 사람들, 우는 사람들, 지친 사람들이 강 속을 걷듯 그림자를 헤쳐 나갔다. 고양이들이 제각기 다른 발걸음 곁에서 흘렀다. 나는 그 모습을 보며 작은 동물들을 생각하기 시작했다. 저 고양이들 중에는 바로 어제 쓰레기봉투를 뜯던 녀석도 있을 것이며 오늘 밤에도 한 번쯤은 개들이 짖을 것이다. 저 좁은 방에서조차 어쩔 수 없이 주인을 사랑해야 하는 개들이 서로의 존재를 확인할 것이다.

　　나는 그런 생각에 푹 빠져서, 한동안 멈춘 듯 서 있었다. 아마도 15분쯤 지났을 것이다. 골목길에 인적이 뚝 끊겼고 사방이 조용해졌다. 문제없이 흘러가던 대화가 갑작스레 어색해지는 것처럼, 아무 이유 없이 그렇게 되는 순간이 있다. 그런데 지금의 정온함에 아무 이유가 없다는 사실이 이상하게도 불안해서, 나는 입을 벌렸다. 짖는 소리가 배 깊숙한 곳에서 기다렸다는 듯 튀어나왔다. 목구멍을 가렵도록 긁으며 올라와

입천장을 치는 소리. 콧속 깊은 곳과 두개골 사이의 좁은 공간이 진동했고 맞은편 창문의 개가 짖기 시작했다.

이내 울림이 메마른 강에 쏟아져 들어오는 물줄기처럼 골목길을 휩쓸었다. 나는 한없이 충만한 감각, 모두와 하나로 이어진 감각 속에서 계속 짖으며 걸음을 옮겼다. 한 걸음마다 새로운 개들이 깨어나 생명을 얻었다. 이 좁고 으슥한 곳에서조차 삶은 폭발하고 쏟아지고 흘러 나아갔다. 나는 그 초라하고 누추한 삶들의 선두에 서서 다시금 침묵이 찾아올 때까지 기뻐하고 있었다. 그러던 어느 순간 나는 불 꺼진 건물들이 듬성듬성 놓인 곳에서 스스로를 발견했다. 뒤를 돌아보자 원룸촌이 더는 보이지 않았다.

갑작스러운 수치심에 입을 다물고 주위를 살폈다. 공교롭게도 나는 먼 옛날 안혜리와 함께 고양이를 묻어주기 위해 걷던 길, 그린벨트 지역으로 이어지는 길에 와 있었다. 바로 열 걸음 앞에서, 주홍색 빛줄기를 드리우는 가로등도 기억과 같았다. 가로등 아래의 남자가 문제였다. 짖는 소리를 들었을까, 어차피 다신 안 볼 사이니까 쓱 지나가면 되지 않을까 하는 생각이 잠깐 떠올랐다가 위화감이 치고 들어왔다. 쭈그려 앉은 남자. 야구 모자를 푹 눌러쓴 남자. 몸부림치는 덩어리를 붙잡은 남자.

숨을 헐떡이던 남자는 왼손으로 덩어리를 꾹 누른 채 오른손을 바닥에 비볐다. 있는지도 몰랐던 위생 장갑이 벗겨져 나오는 걸 보자 낮의 기억이 머릿속에서 되살아났다. 나는 무슨 생각을 하는지도 모르게 가까이 다가가 남자를 내려다보았다. 오른손이 닿자 새하얀 고양이가 움직임을 멈추고 흐물거리기 시작했다. 마치 생크림 케이크처럼. 깡마른 손가락이 크림을 가르며 살갗 아래로 잠기는 순간 달콤한 바닐라 냄새가 콧등을 간질여서, 나는 무심코 신음했다.

"아."

그 소리에 남자의 어깨가 잘게 떨렸다. 남자는 그림자로 내 존재를 확인한 뒤에야 천천히 고개를 들었다. 낮에 보았던 그 얼굴이 울고 있었다.

◆◆◆

"맨손으로 살아 있는 걸 만지면 이렇게 돼. 살아 있는 거라고 하면, 보통 곤충이나 물고기나 고양이 같은 동물……. 식물은 안 돼. 가끔씩 손이 타는 것처럼 뜨거워지는데, 그래서 머릿속까지 깜빡거리는데, 그럴 때는 뭐든 만져야 정신이 돌아와. 아무거나 케이크로 바꿔야 겨우 가라앉는 거야. 집에 쥐들이 있긴 한데, 번식시킬 애들은 남겨둬야 해서……."

"사람도 케이크로 변해요?"

"아직 안 해봤어. 앞으로도 안 할 거야."

"학교 앞에서 나눠준 케이크도 이런 거였어요?"

"미안해."

"맛있었어요."

"아니야. 미안해."

눈앞에서 고양이가 케이크로 변하는 광경을 보고 놀라긴 했지만, 낮의 광경이 퍼즐처럼 맞물리는 것도 느꼈지만, 결국엔 그런가 보다 했다.

지금 중요한 문제는 딱 하나다. 엄마 남자친구가 새벽 내내 집에 있으리라는 거. 누울 곳이 필요했다. 남자의 집이 그나마 안전할 거라는 계산이 섰다. 남을 만지는 게 무서워서 주머니에 위생장갑을 다섯 벌씩 넣어 다니는 사람이 묘한 수작을 부릴 수는 없을 거였다.

물리적인 문제를 제하더라도 남자는 그런 일에 아무런 관심이 없을 듯 보였다. 기독교의 성인들이 사람을 사랑하는 모습을 상상하기 어려운 것과 마찬가지였다. 마음의 내용물이 다를 뿐이었다. 성인들의 마음이 하느님의 영광으로 가득했다면 남자의 마음속에는 케이크가 가득했다. 곤충이나 쥐나 고양이로 만든 케이크. 사람으로 만들 수도 있는 케이크. 사랑보다는 죽음에 가까워서 도리어 안전한 무언가.

그래서 나는 남자를 따라가고 있었다. 공교롭게도 원룸촌으로 가는 방향이었다.

"아까는 말도 제대로 못 했으면서, 지금은 좀 멀쩡해 보이네요."

"해가 떠 있을 때는 빛이 너무 밝아서…… 해

가 나를 때리는 느낌이 들거든. 목을 조르는 것 같지······. 어두워지면 좀 나아. 원래는 이것보다 훨씬 나았어. 몇 년 전까지만 해도 재경직 사무관이었고 일도 잘했어. 기부도 많이 했어. 좋은 부분만 기억하는 걸지도 모르겠지만 어쨌든 이 정도는 아니었어. 스물여섯에 행시에 붙었는데."

묻지도 않은 사연까지 미리 읊는 남자는 자신의 존재를 변명하려는 것처럼 보였다. 군대에서 특등사수가 되어 포상휴가를 받았다느니, 재경직은 다른 직렬보다 업무량이 훨씬 많아서 한밤중에 퇴근하는 게 일상이었다느니, 어릴 때 길에서 5만 원을 주워 경찰서에 가져다주고는 칭찬을 받았다느니 하는 기억들이 두서없이 이어졌다. 폐허에서 주운 왕관을 잘 닦으면 오래전에 죽은 왕들이 되살아날 거라고 믿는 듯했다. 그러는 동안 나는 남자가 안혜리의 꼭두각시처럼 케이크를 입에 쑤셔 넣다가 중학생들 앞에서 토하던 장면을 떠올리고 있었다. 사실은 남자도 똑같은 생각을 하고 있을 것이다.

"그런데 어쩌다가 그렇게 됐어요?"

"잘 모르겠어. 불운이 천벌이라면 나는 아마 기억상실증일 거야. 인생이 왜 이렇게 됐나 싶을 때마다 나쁜 짓을 얼마나 했나 세어보는데, 떠오르는 게 딱히 없거든. 케이크를 좋아했던 것도 아니야. 오히려 싫어했어. 먹으면 토했지."

"의외네요."

"아마 중학생 때였을 거야. 내 생일이라 삼촌이 케이크를 사 오셨는데, 한 조각 먹고 냉장고에 넣어놨어. 밤중에 배고파서 냉장고를 여는데, 사촌이 그걸 보고, 남의 집 냉장고를 함부로 연다면서, 케이크가 그렇게 먹고 싶으면 다 먹으라고 그러더라. 다시 넣으려는데 형이 붙잡고 안 보내줘서, 냉장고 앞에 서서 다섯 조각쯤 먹다가 토해버렸어. 그 후로 내가 먼저 먹은 적은 한 번도 없어. 웃기지."

남자는 소리 내어 웃었다. 처음에는 흐느낌에 가깝게 시작되었는데 서른 걸음쯤 지나자 이상할 만큼 밝고 큰 울림으로 변했다. 지나가던 사람 하나가 우릴 힐끔 보더니 슬슬 피했다. 말릴 생각도 들지 않았다. 나는 그냥, 케이크를 사 온 사람이 왜 부모님이 아니라 삼촌인지, 남자의 생일 케이크가 왜 사촌의 냉장고로 들어갔는지, 형과 사촌은 같은 사람인지가 궁금했다. 그 의문이 구체적인 문장으로 변하려는 순간 원룸촌으로 들어서는 길목이 눈앞에 나타났고 남자의 웃음도 뚝 끊겼다.

남자는 내 집 바로 옆 건물에 살았다. 실내 구조는 똑같았지만 쥐 사육장이 거실의 절반을 차지한 탓에 초현실적인 느낌을 줬다. 흰 쥐들이 톱밥 속에 뒹구는 모습을 보자 낮에 먹었던 게 이거였구나, 싶었다. 사육장은 위쪽을 여닫을 수 있는 유리 수조였는데 숨구멍을 통해 쥐 오줌 냄새가 올라오고 있었다. 사료 포대 냄새가 그사이에 갈래처럼 끼어들더니 청량한 레몬 향기도 코에 닿았다. 탈취제일 것이다. 남자는 내 시선이 닿은 곳을 확인하고는 도망치듯이 화장실로 향했다.

손에 묻은 크림을 씻어내려는지 물줄기가 세면대에 부딪히는 소리가 났다. 그동안 나는 열린 문을 통해 남자의 방을 살폈다. PSAT 언어논

리 실전모의고사 5급, 이라 쓰인 책이 가장 먼저
시야에 들어왔다. 비슷한 교재들이 여럿 더 있었
다. 문득 남자가 한때 공무원이었다는 게 사실인
지가 의심스러워졌고, 의심이 시작되자 모든 것
이 믿기 어려워졌다. 삼촌과 케이크와 사촌과 형
에 얽힌 기억까지도. 나는 고시에 매달리다가 미
친 사람들, 학대로 인해 미친 사람들의 이야기를
떠올리다가 내 앞을 지나가는 그림자에 생각을
멈췄다. 장갑을 새것으로 갈아 낀 남자는 쥐 사
육장 옆의 사료 포대를 열었다. 갑작스레 커지는
찍찍 소리가 따끔거리는 느낌으로 귓전을 찔렀
다.

"잘 때 거슬리지 않아요?"

"방문에 방음 테이프를 붙여놨어. 닫고 귀마개
까지 끼면 안 들려."

"그래도 이런 집에서 키우기는 어려울 것 같은
데."

"돈이 없어. 생활비도 형이 보태주는 거야."

"행정고시 붙었으면 돈 많이 벌었을 거잖아요.
이 상태로는 어디 가서 돈 쓸 일도 없을 테고."

처음 만난 사람에게 이러는 건 분명히 실례겠지만, 나는 그냥 물었다. 이유는 다양했지만 결국 하나였다. 남자의 지난 삶이 믿기지 않았고, 케이크 손이 믿기지 않았고, 쥐 사육장도 믿기지 않았고, 내가 여기에 서 있는 것 또한 믿기지 않았는데, 내일이 올 거라는 사실마저 믿기지 않아서 그랬다. 질문을 마주한 남자는 사육장 뚜껑을 열어 사료 그릇을 꺼내고는 도를 닦듯이 조용히, 천천히 사료를 담았다. 그렇게 물그릇까지 갈고서야 대답이 시작되었다.

"예전에 다 써버렸어. 부적을 사거나, 신굿을 받거나, 여러 가지 해봤는데…… 출근은 못 해도 돈은 벌어야 하니까 주식을 하다가 절반쯤 날렸고…… 또, 토끼나 햄스터 같은 동물들을…… 샀어……. 버려진 동물을 임시 보호한다거나, 그런 건 멀쩡한 사람이 아니면 맡겨주질 않으니까……. 물론 예전에는 임시 보호를 했었지……. 그러니까 내가 멀쩡했을 때는, 케이크 때문이 아니라 그냥, 버려진 애들이니까, 불쌍한 애들이니까 좋은 일 하는 셈 치고……."

목소리는 드문드문 끊어졌고 가끔은 울음을 쏟아낼 것처럼 흔들리기도 했지만 억지로 말하는 것 같진 않았다. 오히려 그 반대로, 나오지 않는 목소리를 끌어 올려서라도 밝힐 이야기가 있는 듯했다. 고해인지, 아니면 자기가 한때는 좋은 사람이었다는 변론인지. 하지만 남자의 이야기가 얼마나 진실인지는 알 수 없었으므로, 이번에는 눈앞의 사육장이 궁금해졌다.

"그러면 이거, 학교 앞에 가져온 이유가 뭐예요?"

"이게 케이크가 맞는지, 아니면 내 착각인지 마지막으로 확인해보려고 그랬어. 케이크 카페를 열 거야."

"카페요?"

"여기가 아니라 좀 더 넓은 곳에 제대로 된 사육장을 만들 거야. 쥐들은 빨리 번식하고 빨리 자라니까, 두수만 충분히 갖추면 하루에 20마리쯤은 케이크로 만들어서 팔 수 있겠지. 그러면 나는 갑자기 눈앞이 깜빡거려서, 죽일 동물을 찾아다니지 않아도 돼. 돈 문제도 해결돼. 평범한 사람처럼 살 수 있는 거야."

위생 문제가 반사적으로 떠올랐지만 존경심
도 일었다. 이 상황에도 돌이킬 방법을 찾는 게
대단하구나 싶었던 것이다. 나는 둘 중에서 고민
하다가 그만 말을 돌렸다.

"차라리 방송에 나가보는 건 어때요? 형이라
는 사람한테 말해보거나."

"왜인지는 모르겠는데 형 앞에서는 뭘 만져도
그대로야. 내가 아직 형을 무서워하고 있나 봐.
형 말고는, 형 말고는 무당이나 의사들한테도 솔
직히 말한 적 없어. 구경거리가 되는 건 싫어. 논
문거리가 되고 싶지도 않아. 나는 평범하게……
평범하게 살고 싶어."

"돈도 없으시다면서요. 그렇게 넓은 사육장이
라면 억대로 들어갈 텐데."

"계산해봤는데 경기 북부까지 가면 땅값이 싸.
가게는 서울에 차려야겠지만 성북구 쪽이면 월
세가 많이 들지도 않을 테고. 매장 운영비랑 월
세, 사육장 유지비…… 케이크 말고도, 음료도 같
이 팔 테니까 매출은 더 높을 테고…… 1억 5천

만 빌리면 나머지는 어떻게든지 해결이 돼. 사촌한테 빌려달라고 계속 이야기하는 중이야."

남자는 그렇게 말하더니 명세를 자세히 늘어놓았다. 계산이 자세한 게 허투루 세운 계획은 아니겠구나 싶으면서도 어딘가 미심쩍었다. 나는 아직도, 아무것도 믿지 못하고 있었다. 남자가 말하는 사육장 부지가 정말로 거기에 있는지, 성북구 상가의 보증금과 월세가 정말로 그 수준인지 긴가민가했다. 그리고 생활비를 보태주는 형과 1억 5천을 빌려줄 사촌이 무슨 관계인지도 궁금했다. 애당초 있는 사람이기나 한지.

"그런데 사촌이랑 형이랑, 다른 사람이에요? 어릴 때 케이크 억지로 먹인 사람은 또 따로고요?"

"셋 다 같은 사람이야. 사촌 형이고 두 살 차이인데, 어릴 때부터 같이 살았어."

그 문장을 시작으로 기구하지만 놀랄 것도 없는 인생사가 중얼중얼 풀려나왔다. 남자의 부모님은 꽤나 큰 무역업체를 운영했는데, 남자가 초등학생이던 시절까지는 일이 잘 풀렸지만, IMF

때문에 회사는 물론이고 집에까지 빨간 딱지가 붙었다는 거였다. 아버지가 야반도주를 했고 어머니는 행방불명이 되어 자신은 삼촌네 집에 맡겨졌다고, 다행히 삼촌네는 중학생이었던 조카를 대학에 보내줄 만큼은 넉넉한 형편이었다고 했다. 남자는 자신이 운이 좋은 편이었다고 말하면서 실실 웃었지만, 그리고 나도 남자의 삶을 위에서 내려다볼 주제는 못 됐지만, 어쨌든 이건 예의를 차릴 만한 사연이었다. 거기에 생각이 닿자 취조실에 앉은 형사처럼 군 게 미안해졌다. 돌이켜보면 이제껏 한 게 질문밖에 없었다.

"죄송합니다."

"죄송하다니?"

"가족 이야기요. 처음부터 돈 얘기가 섞여 있어서 민감한 주제였을 텐데, 괜히 물어본 것 같아서요."

"아니야. 삼촌네 돈 많아. 형도 대학 관두긴 했는데, 지금은 이상한 사업 같은 거 해서 돈 많고. 그래서 좀 빌려달라고 해도 돼. 1억 5천이면 진짜 돈도 아니야."

그런데 웃음소리와 함께 대화의 맥락이 확 엇나갔다. 나는 가족을 이야기했는데 남자는 돈을 논하고 있었다. 게다가 이번의 웃음은 길거리에서 들었던 것만큼이나 크고 높아서, 나는 남자의 모든 것을 또다시 의심했다. 그러니까 이런 말이 입에서 튀어나간 건 어쩔 수 없는 일이었다.

"그런데 진짜 공무원이셨던 거, 맞아요?"

"무슨 소리야?"

"얼핏 봤는데 방에 공무원 시험 교재가 있어서요. 붙은 사람이, 그것도 예전에 붙었다가 관둔 사람이 교재를 가지고 있을 것 같진 않거든요."

"형이 생활비는 대주는데 돈을 빌려달라고 하면 내가 제정신이 아니라고 그래. 제발 정신병원에 가서 검사를 받아보래. 그런데 나는 제정신이거든…… 제정신이 아니면 언어논리 파트를 시간 안에 풀 수가 없잖아…… 타이머로 90분 재고 풀어보면 아직 35문항 넘게 맞아. 감만 되찾으면 만점도 될 거야."

태연하게 대꾸한 남자는 무슨 설명이 더 필요

하냐는 듯 나를 빤히 바라보았다. 그러다가 갑자기, 조명의 전원이 내려가듯 표정에서 웃음기가 뚝 가셨다. 퀭한 얼굴에 박힌 두 눈동자가 검고 깊었다.

"내가 거짓말하는 것 같아?"

그 질문 앞에서, 나는 두 갈래 잘못을 따져봤다. 케이크 손이야 그렇다 치더라도 정신까지 온전하지 못한 사람을 따라와서, 예민한 부분을 찌르는 건 자살 행위일 것이다. 나는 조심성이 없었고 내 삶의 무게도 얕잡아보고 있었다. 한편 처음 보는 사람에게 두런두런 속 깊은 이야기를 풀어놓는 것은 우호성의 증거일 텐데, 나는 그 마음을 의심으로 배신하고 있었다. 이 경우에 나는 못된 애였다.

어쨌거나 나는 불평할 입장이 아니었고 마음 정리도 빨랐다. 쫓겨나든 케이크가 되든 그러려니 하기로 했다. 하지만 막상, 침묵 끝에 왼손 장갑을 벗는 남자를 보니 흠칫 놀라 물러날 수밖에 없었다. 그러자 다시 남자의 얼굴에 표정이 돌아왔다. 눈물이 아니라 고통을 그대로 쏟아낼 듯한 눈과 입. 그러면서도 아무 울림이 없는 입. 남자는 주머니에서 휴대폰을 꺼내 잠금 화면을 풀었고, 왼손으로 화면을 몇 차례 두드려 사진첩을 열었다. 그러고는 휴대폰을 바닥에 내려놓은 뒤 현관으로 향했다.

도어록이 짤깍거리는 소리가 찰나간에 지나가더니 나와 휴대폰만 남았다. 나는 화면에 들어온 불이 꺼지기 직전에야 겨우 손끝을 가져다 댔다. 어두워졌던 밝기가 원래대로 되돌아오면서 하얀 와이셔츠를 입은 남자의 사진이 나타났다. 어디에서나 호감을 살 만큼 멀끔한 얼굴이었고 표정도 밝았다. 파리의 눈처럼 다닥다닥 박힌 창문이 인상적인, 직육면체 형태의 진갈색 건물이 먼 배경에 보였다. 파일 정보에서 사진이 찍힌 일자를 확인해보니 7년 전이었다.

나는 사진첩을 왼쪽으로, 왼쪽으로, 왼쪽으로 넘기며 먼 과거를 헤맸다. 화면 속의 남자에게서 케이크 카페를 꿈꾸는 남자를 발견하기는 쉽지 않았다. 이목구비가 어렴풋이 겹칠 뿐이지, 전체적인 인상은 완전히 달랐다. 두 남자가 동일인이라는 유일한 증거는, 한 남자가 다른 남자의 사진을 꽤 많이 가지고 있다는 것뿐이었다. 모르는 사람의 사진을 이렇게나 많이 모을 이유는 없을 테니까. 그래서 나는 남자가 조금 미쳐 있을지라도 믿음을 줄 만큼은 진실할 거라고, 한편 내가 믿든 믿지 않든 간에 남자는 여전히 남자일 거라고 결론 내렸다. 그리고 뒤늦은 미안함 속에 남자를 기다렸다. 문을 슬쩍 열어, 원룸 복도에 사람이 있는지 확인해보기도 했다.

하지만 아무리 기다려도 돌아올 기미가 없는 데다가 슬슬 졸리기까지 해서, 나는 싱크대 발깔개를 베개 삼아 눈을 붙였다. 그렇게 쪽잠을 자다 정신을 차리자 사방에서 레몬 향기가 진동하고 있었다. 창가에 일렁이는 아침 햇빛이 방을 흐릿하게나마 비췄다. 낯선 이불과 낯선 침대와 낯선 방과 방 한구석에 정리된 공무원 시험 교재들. 또 다른 책들. 공책 더미. 이불깃을 슬쩍 끌어당겨 코 가까이에 가져다 대자 강렬한 레몬 향기 밑에 깔린 쥐 오줌 냄새가 느껴졌고, 그 감각에 정신이 훅 돌아왔다.

잠든 사이에 침대 위로 옮겨진 모양이었다. 벌떡 일어나서 휴대폰으로 시간을 확인하자 8시 3분이 찍혀 있었다. 방에는 나밖에 없는데 시간은 아침이 다 되어가니까, 남자는 방 밖에서 밤을 지새웠다는 게 된다. 처음 본 사람에게 갖가지 질문을 던진 데다가 말도 안 되는 민폐까지 끼쳤다. 나도 이게 민폐라는 것쯤은 알았다. 어제 낮에, 안혜리가 시킨 일에 대해서는 더더욱 할 말이 없었다. 나는 거실에 웅크린 남자를 만나면 어떤 표정을 지어야 할까 고민하다가, 일단 부딪혀보기로 마음먹었다.

하지만 결심이 무색하게도 거실에는 아무도 없었다. 대신 일어나면 먹으라는 듯 텅 빈 식탁에 뚜껑 덮인 접시와 포크가 올라 있었다. 뚜껑 아래에 담긴 것은 쥐 모양 케이크였다. 먹고 가는 게 최소한의 예의인 것 같아서, 케이크의 재료를 생각하면 더더욱 그래서, 나는 잠시 고민하다가 의자에 앉아 포크를 들었다. 여전히 맛있는 케이크였다. 뭉치면서 불쾌한 느낌을 주는 싸구려 크림과는 달리 체온을 만나자마자 아이스크

림처럼 녹았다.

그 달콤함에 감탄하고 슬퍼하는 동안 몇 가지 생각이 두서없이 지나갔다. 학교 앞에서의 일이 남자에게 어떤 종류의 기억으로 남았을까, 이 만남은 또 어떻게 기억될까 하는 궁금증. 햇볕 아래 있으면 상태가 나빠진다고 했으니, 빛이 더 밝아지기 전에 빨리 나가야겠다 하는 생각. 미안함과 연민. 나는 잃어버린 삶을 사진첩에 간직하는 마음, 시험 성적을 부적처럼 쓰는 마음을 짐작하다가 이내 그만두었다.

생각이 다시 케이크로 향했다. 누군가의 고통과 무언가의 죽음이, 눈물이나 비명 따위로 이루어진 것이 이토록 달콤하다는 사실이 이상하게 느껴졌지만 조금 더 고민해보니 놀랄 일은 아닌 것 같았다. 수많은 사람이 타인의 불행을 아닌 척 즐기면서 산다. 그게 신문 기사나, 인터넷 게시판의 사연이나, 다큐멘터리의 탈을 쓰고 있으면 정말로 아무렇지 않게 즐길 수 있다. 남자가 방송에 나가지 않으려는 이유가 어렴풋이 이해됐다.

닦을 접시는 케이크가 담겼던 것뿐이었지만, 설거지를 한 건 최소한의 양심이었다. 싱크대 앞에 서 있는 동안 남자가 돌아오기를 기대하는 마음도 있었다. 휙 떠나기보다는 얼굴을 마주하고 제대로 된 사과를 건네는 게 마음 편한 결말이니까. 하지만 복도에도 남자가 없었으므로, 나는 어쩔 수 없이 집으로 돌아왔다. 엄마는 자고 있었다. 시간은 8시 30분.

간만에 제때 학교에 도착할 모양이었다. 아예 빼먹을 때를 제하더라도, 근 몇 주간은 9시가 넘어서야 겨우 뒷문으로 들어서는 날이 잦았던 것이다. 나는 잽싸게 머리를 감은 뒤 가방을 둘러메고 나왔다. 머리카락을 짧게 자른 덕분에 걷다 보니 금방 말랐다. 날씨도 좋았다. 어딘가를 향해 가는 사람들의 물결이 횡단보도 사이사이마다 출렁거렸다. 거기에 끼어 있다 보니 벌써부터 밤새 겪은 일이 이상하고 편안한 꿈이었던 것처럼 느껴지기 시작했고, 등굣길마저 그 꿈의 일부인 듯했다.

교문에 들어선 뒤에도 나는 수많은 감각 중에서 발붙일 하나를 정하지 못한 채 적당히 둥실둥실 떠가고 있었다. 쾌청한 날씨를 통과해 다른 날씨로 나아가는 수많은 사람, 수많은 사람의 활력, 활력을 그리워하는 일, 레몬 향기와 쥐 오줌 냄새가 섞이지 않고 갈라지는 어느 지점, 그 지점의 누추함. 낱말에 가두려 하면 금방 질감을 잃어버리는, 한순간의 이미지들. 고양이가 죽은 날들. 차라리 말하지 않고 보지 않는 게 나을 모습들.

쉬는 시간에 안혜리가 와서 말을 걸었는데도 나는 제대로 된 대답을 하지 못하고 있었다. 그러다가 7교시까지 끝나고서야 겨우 정신을 차렸다. 우선은 시간이 지나면서 꿈같은 기분이 가라앉았다는 게 제일 큰 이유였는데, 국어가 나를 교무실로 부른 것도 엇비슷하게 컸다. 그 선생 앞에 서면 각진 쿠키 틀에 내 정신이 찍혀 나오는 것만 같았다. 반죽을 틀로 누른 다음 거스러미를 떼어내서 오븐에 구울 부분만 남기는 것이다.

"어제 학교에 안 왔었지."

"늦잠 자서 도서관에서 시간 보냈어요."

30대 중반쯤 된 국어 선생은 인상이 매서운 사람이었는데 학기가 시작될 때부터 나를 눈여겨보는 티가 났다. 다른 선생들에게서 이미 이야기를 들었을 것이다. 선생들이 이따금 말하길 쟤는 학교에 다니는 둥 마는 둥 하는데 책은 많이 읽는다고, 이대로라면 학폭위의 주인공이 될 확률이 높지만 다른 무언가의 주인공이 될 수도 있을 거라고 했다.

어른들은 책을 읽는 동기나 문장에 담긴 뜻이 아니라 물성에, 책을 들고 다니는 일에 집착하는 경향이 있다. 그 사람들은 살인자가 품에 책을 안고 다닌다면 살인의 이유를 꾸며주겠지만 책 없는 알코올중독자는 그냥 무시할 것이다. 그리고 모두에게 각자의 사연이 있다는 정론과는 별개로, 관용과 멸시를 가르는 구분법은 꽤나 주효할 것이다. 어지간하면 책을 읽지 않는 시대이기 때문이다. 열 번을 점쳐서 여섯 번이라도 맞으면 걸어볼 만한 도박이다.

국어 선생이 바로 그 도박에 믿음을 거는 사람이었다. 나도 국어 선생 이야기를 예전부터 듣고 있었다. 성적표의 숫자나 아양을 떠는 태도 따위로 학생을 판단하지 않는다는 점에서는 좋은 교육자일 수 있겠지만, 그런 기준을 갖추는 게 차라리 나으리라고 했다. 요컨대 이 사람은 본질을 보려고 애쓰다가 오히려 속물이 되는 유형이었는데, 덕분에 나는 국어 시간에 고등학교 2학년 수학 문제를 푸는 모범생들보다 더 많은 점수를 얻고 있었다.

그런데 딱히 득 본 게 없으니 덕분에라고 말할 일인지 확신이 안 섰다. 쓸 곳 없는 호의는 가지 않을 가게의 할인권 같은 것이고, 나는 국어 선생이 말하는 미래가 와닿지 않았다. 다만 할인권을 주는 성의에 도의적인 고마움을 느낄 뿐이었다. 호의와 성의와 도의. 한자를 잘 모르긴 해도 그 셋 중 하나가 다른 의를 쓴다는 사실은 알았다. 그리고 어떤 종류의 의로든 간에, 국어 선생은 내가 도서관에서 읽은 책을 궁금해했다.

"어제는 소설 읽었어요."

나는 거짓말을 준비했다. 왜인지 모르게, 선생에게 남자 이야기를 들려준 다음 반응을 보고 싶어졌던 것이다. 케이크 손 때문에 인생이 뒤집힌 남자의 이야기는 아무래도 소설 같으니까, 학교 앞에서 일어난 사건만 빼면 그 남자 이야기인지도 모를 터였다. 국어 선생은 내가 읊어주는 줄거리를 가만히 들었다. 그러고는 내용을 나름대로 정리한 다음 자신의 요약이 맞느냐고 되물었다. 선생이 무슨 말을 하든 간에 나는 옳다고 했다.

우리는 어린 시절의 불행이 이후의 삶을 사로잡는 방식에 대해, 헤어 나올 수 없다는 감각에 대해, 상실과 비참과 유예되어가는 극복에 대해 이야기했다. 가해자인 동시에 조력자인 사람들과 삶의 복잡성에 대해서도 말했다. 나는 확실히 생각이 깊은 척 떠드는 법을 알았고, 그렇게 떠들 수 있는 능력은 곧잘 본질과 혼동되었는데, 그래서 내 실체가 무엇인지는 나 스스로도 몰랐다. 선생도 모를 것이다. 그렇게 아무 책에나 올라갈 수 있을 만큼 좋은 말들이 한참이나 이어지다가 케이크 손과는 관련 없는 방향으로 흘렀다.

"참, 그럴 일은 없겠지만 하굣길에 조심해서 들어가라."

"왜요?"

"어제 정문 근처에서 이상한 사람이 좌판을 깔아서 난리가 났거든. 말하는 게 꼭 미친 사람 같아서, 경찰을 부를 만큼 큰일도 아니라서 돌려보내긴 했는데, 앞으로 어떻게 될지 모르지. 세상일이라는 게, 반드시 계획범죄가 아니더라도 말이야……."

사기를 당하면 법원에 갈 수 있고 강도에게는 돈을 내어주면 그만이지만, 미친 사람은 대책도 없다는 말처럼 들렸다. 아마 그런 의도가 맞을 테고, 국어 선생은 충고하는 동안 소설의 주인공에 대해서는 거의 생각하지 않았을 것이다. 조금 전까지 불행과 비참에 대해 그토록 길게 이야기했는데도.

"네, 조심해야죠. 감사합니다."

나는 아무렇지도 않은 척 대답하면서 도서관의 책들을 떠올렸다. 나는 거기에서 엄마와 나와 다른 아이들을 발견할 수 있어서 좋았다. 모범생들은 모르는 척 고개를 돌리고 선생들은 대부분 알기 귀찮아하는 이야기를, 신문 기사에서는 한 줄로만 슬쩍 나오고 대부분은 욕하는 이야기를 깊게 다루고 있어서 좋았다. 아직 낱말을 찾지 못한 순간들을 대신 말해주는 누군가가 있다고 느꼈다. 그러면서도 무해한 아름다움을 읊는 대목을 만날 때면 그게 우리를 위한 책이 아니라고 느껴져서 껄끄러워졌다.

　유치원생들에게 참치를 그려보라고 하면 물고기가 아니라 통조림 캔을 그린다고들 했다. 진짜 참치를 본 적이 없기 때문이다. 결국 잘 정리된 언어는 뼈대와 비늘을, 씹을 수 없거니와 혀에 상처까지 남기는 부분을 우리에게서 벗겨내기 위해 존재하는지도 몰랐다. 그래서 나는 때때로 무해하고 다정한 환대를 말하는 책들이 우리를 우아하게 모욕한다고 느꼈다. 우리를 매대에 올릴 만한 상품으로 소모시켜버린다고 느꼈다.

이 정도의 누추함은 감당할 수 있다는 오만을 판매하는 것이다. 어둡고 질척한 덩어리에서 슬픔과 연약함처럼 투명한 감정만 추출하고 기이함과 추함과 주먹질과 발작적인 웃음 따위는 모두 없는 척 내버리는 것이다.

쓰레기장에 핀 꽃을 보고 감동하지만 악취에는 눈살을 찌푸리는 사람들, 오로지 검댕을 이기고 핀 꽃을 보기 위해서만 쓰레기장에 발을 들이는 사람들이 있었다. 많았다. 그 사람들은 쓰레기 더미의 명세를 알려 하지 않았고, 해로운 것은 거들떠보지도 않거나 도리어 치워 없애려 들었다. 그래서 비겁했다. 나는 종종 그 사람들을 제자리에서 끌어내서 내 집에, 혹은 쥐 사육장 곁에 던져 넣고 싶어졌다. 그리고 그들이 어떻게 변하는지 지켜보고 싶었다.

그런데 진짜 문제는 그 비겁함이 따질 만한 잘못조차 아니라는 것이었다. 그들을 비겁하게 만드는 것은 그냥 깨끗한 사람이 가질 법한 깔끔함이었다. 상식이고 예의였다. 좋음을 믿는 마음 그 자체였다. 하지만 남자의 과거를, 선량한

면을 말하지 않고 남자의 가능성을 설득할 방법을 모르기는 나도 마찬가지였다.

"그러면 들어가 볼게요."

결국 나는 사람이 좋은 것을 좋아한다는 사실을 받아들이지 못하고 화내는 중이었는데, 그럼에도 저 사람들이 우리에게 무언가 잘못하고 있다는 느낌을 지울 수 없었다. 스스로 생각하기에도 말이 안 됐다. 애당초 책에 적힌 문장들을 그럴듯하게 바꿔 옮는 재주가 없었더라면 국어 선생이 나를 눈여겨볼 이유도 없었을 것이다. 그걸 제외하면 나는 예쁠 구석이 하나도 없는 애였으며 오히려 악당 축에 들었다. 그래서인지 지금은 대화를 접고 물러나는 게 최선인 것 같았다.

"그래, 조심하고."

선생이 고개를 끄덕이고는 거듭 덧붙였다. 고개를 수그린 채, 터벅터벅 걸어 교무실을 나서자마자 익숙한 신발이 보였다. 나는 내용물을 아는 선물상자를 여는 기분으로 고개를 들었다. 안혜리가 빙글거리며 웃고 있었다. 내 팔을 끌어안으며 달라붙는 안혜리.

"또 국어야?"

"책 이야기 잠깐 했어."

"국어한테 현수 뺏기겠다. 이러다가 막, 갑자기 공부 시작해서 특목고 간다고 하겠어."

"내 성적 알면서 특목고는 무슨. 그냥 정신 좀 차리라고 부르는 거야."

"현수는 차릴 정신이라도 있어 보인다는 거 아니야. 우리 배신하는 거 아니지?"

"배신할 게 있어야 하지."

나는 국어 선생 때문에 안혜리를 떠날 마음은 없었다. 이건 진심이었다. 그런데 문득 밤이 되면 답례품이라도 들고 남자를 보러 가야겠다는 생각이 들어서, 나는 또 다른 배신의 가능성을 예감했다.

◆◆◆

답례품으로 뭘 들고 갈지 긴가민가했다.

집에 돌아와 냉장고를 여니 가장 먼저 먹다 남은 배달 음식 통이 보였다. 그 뒤편에는 맥주한 캔과 편의점 샌드위치 한 팩, 그리고 레토르트 우동이 있었다. 포장은 뜯지 않은 상태였다. 엄마는 이런 걸로 화내는 사람은 아니니까, 비닐봉지에 모두 챙기고서 남자의 집으로 향했다. 초인종을 세 번쯤 누른 뒤에야 문틈으로 창백하고 그늘진 얼굴이 나타났다. 남자는 나를 알아보더니 무슨 반응을 보여야 할지 모르겠다는 듯 눈을 깜박였다.

"어제 죄송해서요. 그래서 뭐라도 좀 드리려고."

나는 비닐봉지를 슬쩍 들어 올렸다. 윤곽으로 내용물을 가늠하려는 것처럼, 남자의 미간이 좁아졌다. 거기에 담긴 게 동정인지 감사인지 분간하려는 듯도 했다. 이내 더듬거리는 목소리에 거절이 담겨 나왔다.

"괜찮아. 술은 안 마시고, 밥해 먹을 돈도 있어. 그냥 뭘 먹어도 다 토해버려서 마른 거야."

"이거 아니면 드릴 게 없어서 그래요. 집에 있는 거 다 가져온 거예요. 어제 재워주신 거 고마워서."

그렇게 답하자 남자의 안색이 조금이나마 돌

아왔다. 체면을 구긴 일은 어떻게든지 웃어넘기지만 푼돈에 체면을 팔아넘기는 일은 죽어도 못하는 사람이 있다. 그래서 나는 내 몫의 약점을, 빚을 남자에게 달아두기로 했다.

"들어가도 돼요?"

"부모님이 걱정⋯⋯."

상식적인 어른처럼 반응하던 남자는 실수했다는 듯 말끝을 흐렸다. 한밤중에 길거리를 돌아다니는 데다가 집에서 긁어온 게 고작 편의점 음식인 애라면, 집안 사정은 안 봐도 뻔하다. 나는 거짓말과 진실을 반반 섞어 밀어붙였다.

"집에 엄마 남자친구 오면 못 있어요. 그렇다고 해서 가서 잘 곳도 없고."

"몇 살이야?"

"중학교 3학년요."

고개를 돌려 방을 살핀 남자는 작은 목소리로 무언가 중얼거리더니 문을 닫았다. 정확히 듣지는 못했지만 가라는 말 같지는 않아서, 나는 잠시 기다렸다. 얼마 지나지 않아 문이 다시 열렸다.

"들어와."

탈취제 향기가 너무 강한 탓에 현관을 밟자마자 레몬 속으로 걸어 들어가는 느낌이 들었다. 바로 직전에 뿌린 게 분명했다. 나는 톱밥 사이에서 찍찍거리는 쥐들을 힐끔거리다가 남자에게로 시선을 옮겼다. 남자는 장갑을 끼면서 읊듯이 중얼거리고 있었다. 학교 앞에서는 잔뜩 긴장했으며 어젯밤에는 들켰다는 생각에 머리가 하얘졌다고, 그래서 유독 미친 것처럼 보였을 거라고 했다.

나는 그냥 고개를 끄덕였다. 묻지도 않은 변명을 늘어놓는 남자는 여전히 제정신과 거리가 멀어 보였지만 굳이 지적할 부분은 아니었다. 구태여 비교하자면 앞선 두 번의 만남보다는 지금이 더 멀쩡해 보이는 게 사실이기도 했다. 맥락이 묘하게 어긋나고 가끔은 이상한 부분에서 웃음을 터뜨릴지라도, 대화 자체는 가능했다. 남자는 자신의 과거를 어제보다 정돈된 문장으로 읊어주었고 나도 내 삶을 이야기했다. 그러면서 주제가 더 넓게 뻗어 나갔다.

얼마 지나지 않아 나는 남자에게서 폐기물 스

티커가 붙은 채 길거리에 내버려진 자개장을 연상했다. 경첩이 떨어졌고 군데군데 곰팡이가 슬어 도무지 쓸 수 없지만 그럼에도 오묘한 빛이 남은 물건. 스스로 지나온 시간을 되짚을 때는 더듬거릴지라도 1944년의 브레턴우즈 체제나 1985년의 플라자 합의에 대해서는 유창하게 떠드는 남자는 사람 가죽으로 양장한 백과사전 같아서, 나는 그걸 사람으로 되돌려놓을 수 있지 않을까 생각했다. 최소한 도움이라도 줄 수 있다면 기쁠 것 같았다.

이 심리는 케이크 손에 대한 흥미와는 별개였고, 차라리 국어 선생이 나를 바라보는 시선과 비슷했다. 나조차 제대로 된 사람이 아니라는 점에서는 오만이기까지 했다. 나는 그 사실에 은근한 수치심을 느꼈지만 그렇다고 해서 관심을 끊을 방법은 떠오르지 않았다. 한편 남자로서도 이런 관심이 절실해 보였으니 무례라고 할 수도 없었다.

"그런데 말이야, 너는 기본적으로 중학생 여자애잖아. 나는 서른 넘은 남자고. 그러면 원래는 네가 여기 있으면 안 되는 거야. 맞지?"

왜인지 모르게 시작된 경제사 특강 한 꼭지를 마친 남자는 잔뜩 긴장한 표정으로 운을 뗐다. 밤 12시가 넘어갈 무렵이었다.

"원래는 제가 집 밖에 있어서도 안 되는 거고, 경찰이든 누구든 간에 제가 아무 데나 돌아다니도록 내버려둬서도 안 되는 거죠. 그런데 원래 안 된다고 정해진 일들은 사실 매일 일어나는 일들이죠. 그러니까 지금 하신 말씀이 반드시 옳다고 볼 수는 없죠."

"대답을 해설지처럼 하는구나. 아까 아침에 일어나서 언어논리 문제집이라도 읽었니?"

"전 원래 이렇게 말하는데요."

"하여간 내 말의 요지는, 내가 지금 하려는 부탁이 이상하게 들릴 수도 있고 나쁜 의도를 느낄 수도 있지만, 그건 절대 아니라는 거야. 나는 상식인이었고, 지금도 상식인이길 바라고, 그럭저럭 제정신이고, 30대 남자가 집안 사정 나쁜 중학생 여자애한테 이러는 상황을 남들이 어떻게 보는지 아는 사람이고, 그리고……."

"중학생이 아니라 초등학생이면 또 어때요, 손
도 못 델 거면서."

말이 쓸데없이 길어진다 싶어서 던진 한마디
였다. 비록 내가 집안 사정 나쁜 중학생 여자애
가 맞고 세간의 시선이 그럴 게 분명할지라도,
남자가 나를 그렇게 취급하는 건 기분이 나빴다.
그러니까 엄청난 계산이 있어서 내뱉은 소리는
아니었다. 그런데 그게 뜻밖에도 강렬한 충격으
로 다가왔는지, 남자는 나를 빤히 바라보다가 고
개를 푹 꺾듯이 수그렸다. 말없이, 장갑에 감긴
손을 응시하는 두 눈. 비루한 처지를 돌아보라는
의도는 아니었지만 결과적으로는 그렇게 됐다.

난처한 상황에 빠지더라도 처음에는 돈이나
법이나 다른 사람에게 기대기 마련이다. 보통은
정신이든 여건이든 막다른 길에 이르러서야 칼
을 꺼내 든다. 즉 타인의 목숨에 대해서만 해로
워질 수 있는 것은 약함의 증거고, 세상에는 다
른 방법이 있는데도 칼을 택하는 말종뿐만 아니
라 발악처럼 칼을 쥐는 사람도 있다. 후자가 정
당하다고 말하려는 것은 아니지만 현상이 그렇

다. 후자 또한 칼을 들었으므로 약자일 수 없다
는 말은, 쓸쓸하게 내버려져 죽지 않는다면 약자
가 아니라는 선언처럼 들린다.

그렇다면 눈앞의 남자는 어떤 종류의 약자일
까. 나는 장갑을 벗을 정도로 몰아가는 것만 아
니라면 남자를 아예 울려버릴 수 있으리라 생각
하다가, 그냥 착해지기로 했다. 안혜리를 좋아하
는 마음과 별개로 안혜리처럼 하고 싶지는 않았
다.

"아무튼, 저는 괜찮아요. 위험한 사람이라고
생각한 적 없어요. 그랬으면 여기 오지도 않았어
요."

"그래."

"하시려던 말씀, 있었던 것 같은데."

"별일 아니야. 아니, 별일일 수도 있어. 싫으면
안 해도 돼."

"뭔지 알아야 싫든 말든 하죠."

남자는 망설이다가 자신이 미쳐가는 것 같다
고, 제정신이 아닌 건 스스로도 알지만 근래 들
어서는 더 심해지는 중이라고 털어놓았다. 집에

만 틀어박혀서 아무도 만나지 못하는 게 원인일
거라고 했다. 지인이든 삼촌네든 지금의 모습을
보여줄 용기가 없어서 연락을 끊어버렸고, 사촌
형이 이따금 생사 확인차 전화를 걸어오긴 하는
데 좋은 소리를 듣진 못한다는 거였다. 완전히
미치지 않으려면 어떻게든지 사람과 말을 섞어
야겠다는 게 남자의 입장이었다.

"음식은 안 가져와도 돼. 다른 일을 시키지도
않을 거야. 그냥 가끔씩 와서 말 상대가 되어주
면 충분해. 아니면 내가 과외를 해줄 수도 있어.
중학교 3학년이면 곧 고등학교 올라가는 나이
니까, 너한테도 좋은 일일 거야. 대학 다닐 때 영
어랑 수학 과외 많이 했고, 토익 마지막으로 봤
을 때 965점 나왔어. 토익 점수 유효기간이 공식
적으로는 2년인가 3년이니까 지금 다시 보면 그
점수까진 나오지 않을 수도 있지만, 거짓말은 아
니야. 정말이야."

요점이 또 엇나갔지만 나는 그 어긋남이야말
로 핵심이라고 느꼈다. 남자는 절박하게도 쓸모
를 바라는 듯했다. 자신에게 아직은 써먹을 가치

가 있다고, 홀로 망가지는 것보다 좋은 가능성이 있다고 강변하려는 듯했다. 타인을 어떤 용도로만 취급하는 것은 대개 모욕이겠지만 누군가에게는 그런 취급이라도 간절하다. 초등학교 시절의 안혜리가 나를 커다란 개처럼 데리고 다닌 것처럼. 지금도 그런 것처럼.

나는 고개를 끄덕이기에 앞서 남자가 영어든 수학이든 하지 못했더라면, 성격마저 나빴더라면 어땠을까 생각해봤다. 내가 몇 달만 늦게 남자를 만났더라면 정말로 그렇게 되었을 수도 있었다. 지금도 무언가가 망가진 게 분명했기 때문이다. 정신의 구성 요소는 복잡한 기계처럼 짜여 있어서, 하나가 제자리를 벗어나면 나머지도 함께 뒤틀리곤 한다. 천운이 아니고서야 그 상태를 벗어나기는 어렵다.

"의심 안 해요. 가끔 올게요."

세상은 사람마다 제각기 다른 광채가 있다며 격려하면서도 그 가능성조차 잃어버린 존재는 돌아보려 하지 않는다. 그건 분명히 비극이다. 하지만 최종적인 비극은 나와 남자 또한 세상의 일부이며 그 이율배반적인 속물성으로부터 벗어날 수 없다는 것이다.

남자는 자신의 과거를 기억하므로 여기에서의 삶을 사랑하지 못했고, 나는 남자의 과거가 아까워서 여기에 오기로 마음먹었다. 그 과거는 지금과 아주 달랐다. 빛났고 찬란했다. 그게 본질이었다. 그걸 부정할 수는 없었다.

◆◆◆

일주일에 두 번, 수학과 영어를 배우기로 약속한 다음 도어록 비밀번호를 받았다. 그걸 시작으로 가끔이라는 단어의 의미가 차차 달라졌다. 처음에는 과외 날에만 갔다가 어느 순간부터는 이틀에 한 번이 됐고, 방학이 시작되자 매일로 변했다. 그럼에도 쥐가 찍찍거리는 소리와 레몬 향이 자욱한 공간에 발을 들일 때면 낯설고 비현실적인 기분이 들었다. 마치 이상하고 편안한 꿈같았다.

나는 그 꿈을 아끼면서도 한사코 숨겼다. 다

른 애들이나 선생은 물론이고 엄마에게도 마찬가지였다. 엄마가 갑자기 이렇게 물은 날이 있었다. 너 요새 뭐 하고 다니니. 성가셔하는 마음과 염려가 약간씩 나뉘어 담긴 목소리였다. 나는 남자와의 일을 떠올리다가 그만 퉁명스레 대꾸했다. 엄마가 뭔 상관이야. 내게도 체면을 따지는 마음이 있었음을 깨달은 것은 바로 그때였다. 남자가 걱정한 대로였다. 집안 사정 나쁜 여자애가 서른 넘은 남자 집에 드나드는 건 눈을 흘길 만한 일이고, 그 남자가 가끔 길고양이를 잡으러 나간다면 말할 것도 없다.

나는 남자의 존재를 숨길 때마다 친한 사람을 몰래 헐뜯는 미안함에 사로잡혔다. 좋았던 과거를 대신 읊어줄 수도 있겠지만 그것조차 어떤 의미에서는 모욕인 것 같았다. 그래서인지 나는 조금 더 자주, 국어 선생의 반응에 대해 생각하기 시작했다. 훌륭한 것을 좋아하고 나쁜 것을 싫어하는 마음에 대해서도 고민해봤다. 그러다가 어느 순간 그것마저도 평소에 하던 생각의 일부임을 깨달았다.

요컨대 가난한 집 애들은 성격이 사나우므로 어울려서는 안 된다는 주장이 있다면 결핍을 모르고 자란 애들이 더 버릇없다는 반론이 있기 마련이었는데, 정작 사나움에도 불구하고 그들을 사랑해야 한다고 말하는 사람은 거의 없었다. 약함을 옹호하기 위해서는 악함과 약함이 뒤엉켜 있음을 부정해야 한다고 믿는 듯했다. 다시 속물성의 문제였다. 내 설명을 들은 남자는 국어 선생의 반응에 웃음을 터뜨리더니 천천히 운을 뗐다. 평소와는 다른, 읊조리는 목소리가 연기처럼 낮게 깔렸다.

"사람은 대개 자연적인 사실로부터 당위와 정의가 연역된다고 믿지. 하지만 아파트의 철골도 통장의 숫자도 법전도 사실 자연에는 없으니 인간의 삶은 자연스러운 면 절반과 부자연스러운 면 절반이 맞부딪치며 0이 되는 평형을 유지하는 셈이야. 인간은 그 이상적인 평형을 자연과 혼동하는 거야. 따라서 무엇이 자연스럽다고 말하는 것은 일종의 게으름이자 거짓말이야. 자기 마음을 거스르고 싶지 않으니 즉시 떠오르는 대로 말하고 행동하려는 거야. 나쁜 것에게 좋은 것을 주어선 안 된다고 느끼기 때문에, 앞으로 나빠질 사람이나 이미 나빠진 사람을 구하려면 싫은 것마저도 사랑해야 한다는 주장을 펼치지 못하는 거야."

그리고 내용조차 평소와는 달랐다. 듣다 보니 성당이나 불당에 가서 설교를 듣는 듯했고, 꿈의 더 깊숙한 부분에 초대받은 듯도 했다. 나는 꿈 속의 꿈으로 빠져들기 전에 면책조항을 하나 걸었다. 이야기를 제대로 따라가기 어려우리라는 예감 때문이었다.

"이런 생각이 드는데요."

"무슨 생각?"

"보통은 그런 식으로 말하면 못 알아들어요."

"애당초 이런 소리를 할 필요가 없기 때문이야. 말뜻을 이해하고 받아들일 사람이라면 듣기 전에 이미 알고, 처음부터 몰랐던 사람은 앞으로도 모를 거야. 그건 그 사람들이 영리하지 않거나 편협해서가 아니라 선하고 아름다운 것을 좋아하기 때문이야."

"나쁘고 더러운 걸 좋아하려고 노력해야 한다는 거예요?"

"봐, 너도 이해를 못 하는구나. 좋아하는 마음을 정의와 혼동해서는 안 된다는 게 핵심이야. 좋아하든 싫어하든 간에 정의로운 것은 정의로운 것이고 아닌 건 아닌 거야. 악이 정의와 공의의 반대말이라면 좋아함이라는 감정은 오히려 악에 가까울 거야."

남자는 추하고 해롭고 역겨운 걸 철저히 싫어하는 사람들, 그런 걸 눈앞에서 완전히 치워버리려는 사람들이 우리에게 무언가를 빚진 게 분명하다고 말했다. 각자의 사정이 불공평한 까닭에 외면하고 묵인하며 모르기로 마음먹는 데에서도 이득이 발생하기 마련인데, 그들의 이득은 깨끗함을 유지하는 상태 그 자체라고 했다.

아이를 때리면서 돌보는 사람이랑 때리지도 돌보지도 않는 사람이 있다 치면 후자가 더 나쁘다고 믿기 어렵지. 아이가 거기에 있다는 걸 처음부터 몰랐다면야 말할 것도 없어. 최대한 모를수록 아이를 돌볼 책임이건 때리는 사람에게 다른 방식을 가르칠 책임이건 사라지는 거야. 덜 귀찮아지는 거야. 만약 그 아이가 자라서 남을 때리는 사람이 된다 쳐도 마찬가지야. 그러니까 남자가 말하기를, 더러운 곳을 샅샅이 살피는 대신 우월한 상태로 죄인을 벌하는 것만큼이나 속 편한 일은 있을 수 없다고 했다. 그런데 이런 사람들이 더 얻어낸 것은 회계장부에 기록될 수 없거니와 명세도 분명하지 않은 빚이라서, 돌려받거나 탓할 수 없으리라고 했다. 단지 죄와 추함만이 장부의 오른편에 몇몇 사람의 몫으로 적힌다는 거였다. 나는 대체로 동의했지만 궁금한 점도 있었다.

"좋은 걸 무턱대고 좋아하고 끝내선 안 되고, 얼핏 보기엔 잘못된 것조차도 싫어해선 안 된다는 말이죠. 그랬다가는 남을 돕기는커녕 위에서 내려다보는 꼴이 될 테니까요."

"짧게 줄이자면 그런 셈이지."

"하지만 정작, 잘못된 것을 싫어하지 않는다면 일부러 양심을 버리는 사람들이 너무 유리해질 텐데요. 반대로 사람을 구하기 위해서는 좋아하

는 마음을 가져야 할 테고요. 잘 곳이 있고 먹을
게 충분해도 삶에는 고민거리가 많으니까요. 외
로운 사람을 돕는 것은 정의인데, 이때는 다정함
이 필요하니까요."

"넌 내 생각을 하고 있구나. 그렇지?"

나는 고개를 끄덕였다. 솔직히 인정하건대 그
랬다. 더 정확히 말하자면 나는 남자가 지난 인
연들을 입에 올릴 때를 떠올리고 있었다. 그중
절반은 남자의 상태가 점점 나빠지면서 연락이
끊겼으며, 나머지 절반은 그 자신이 먼저 연락을
끊었다고 했다. 그러면서 삶이 나쁜 방향으로만
굴러갔다는 거였다.

그런데 묘한 것은 사촌 형과의 기억을 이 자
리에 불러내려는 태도였다. 어떤 계기로든지 기
억이 한번 풀려나오면 남자는 단조롭고 억양 없
는 목소리로 괴로웠던 순간들을 읊어댔는데, 한
번 시작되면 적어도 두어 시간은 끝나지 않았다.
그런데도 중간중간 형이 아주 나쁜 사람은 아니
라거나, 사업의 내용이 묘할 뿐이지 주변 사람들
에게는 잘해준다거나, 신세 진 것도 많다거나 하

는 각주가 끼어들었다. 젊을 때 사고를 쳐서 애가 하나 딸렸는데 부족함 없이 키우는 중이라고도 했다. 딱히 관련도 없을 조카까지 들먹이는 게 미워하지 않을 이유, 좋아할 이유를 덧대려 애쓰는 것만 같았다.

그래서인지 남자에게 필요한 것은 1억 5천만 원의 돈 이상이며 사촌 형 또한 생활비를 대주는 사람 이상의 존재라고 느끼게 됐다. 탐탁잖게 안부를 묻는 전화마저도 감사히 여기는 게 그 증거일 것이다.

"네 말대로 사람한테는 애정과 관심이 필요하지. 그래서 자연스러운 것과 정의로운 것이 다르고 좋아함과 옳음이 다를지라도 그 둘을 분리할 수가 없지. 어느 하나가 다른 하나의 원인이나 수단이 되니까 말이야."

"제 말이 그거예요."

"그래서 세상의 일들은 대체로 앞뒤가 안 맞지."

"그렇죠."

남자는 소리 내어 웃더니 주제를 돌렸다.

"그런데 여기까지는 사실 기분의 영역이야. 핵심은 내가 무슨 소리를 늘어놓든 간에 잘못은 잘못이라는 거야. 결국 나는 고양이를 죽이는 사람이고, 어떤 이유로든 고양이를 죽이는 건 옳지 못한 일이야. 형 때문에 이렇게 됐든, 다른 원인이 있든 간에 말이야."

"그래도 보통은 사정을 감안해줄 텐데요. 아저씨는 재미로 고양이를 죽이는 사람들이랑은 다르잖아요."

"너는 여전히 정의와 좋아하는 마음을 혼동하는구나. 연쇄살인마에게 불우한 사연이 있다면 살인 면허를 발급해야 한다고 말하면서도 면허의 기준은 전혀 생각하지 않는 게 그 증거야. 고양이를 재미로 죽이는 부류와 내가 얼마나 다른가 하는 것은, 생존의 요건을 누가 어떻게 규정하는가 하는 문제야. 사실 나는 손이 화끈거리고 머리가 뜨거워지는 걸 참으면 되는데도 편하게 살기 위해 무언가를 죽이고 있는 거야."

"사람은 참을 수 있는데도 맛있는 게 좋아서 고기를 먹죠. 고기는 죽은 동물이고요."

"하지만 머리가 아프거나 삶의 낙이 부족해서 고양이를 죽이는 사람은 거의 없지."

"그렇다면 그건 익숙함의 문제겠죠."

"그런 게 익숙한 사람으로 가득한 세상이, 상상이 가니? 언젠가 그런 세상이 올까? 넌 그런 곳에서 살고 싶어?"

"솔직히 아니죠."

"그러니까 말이야."

세상은 낯선 것을 익숙한 것으로 바꿔놓으면서 점차 넓어져왔다지만, 예전에는 사람이 평등하다는 개념부터가 낯선 것이었다지만, 그럼에도 영원히 낯설게 남을 것들이 있었다. 그건 정말로 어쩔 수 없는 일 같았고, 남자의 비유처럼 회계장부에 기록되지 않은 탓에 되찾을 길이 요원한 빚 같았다. 나는 조금 더 생각하다가 무식해지기로 했다. 어떤 일은 모르는 게 편하다. 그게 넓게 보면 나 자신의 일일지라도 마찬가지다.

"어쨌든 아저씨는 어려운 말을 열심히도 하네요."

"네가 대학에 갈 마음도 없으면서 어려운 책

을 열심히 읽는 거랑 비슷하겠지. 이런 상태로 떠들어봐야 들어줄 사람도 없는데 말이야."

"저도 사람인데요."

"뭔가 착각하고 있구나. 나는 이 나이에 돈 한 푼 못 버는데 정신까지 나간 남자고, 넌 그런 남자 집에 드나드는 불우한 여자애야. 한밤중에 개처럼 짖고 다니는 걸 보면 제정신도 아니야. 지금까지는 내가 고양이 죽이는 이야기를 했으니까 이번에는 네가 애들 때리는 이야기를 해보자. 그게 바로 페어플레이 아니겠니."

나는 남자가 자신의 처지와 내 삶을 더불어 조롱하는 중이라고 느꼈지만 반격할 마음은 들지 않았다. 어쨌든 남자는 정신의 일부를 사무관으로 일하던 시절에 남겨놓았을 것이고, 그 공백은 훈장이자 흉터일 터였다. 나는 그런 흉터라도 있는 게 부러웠지만, 저 꼴로 유효기간이 끝난 자부심을 간직하는 것이 우습다고도 생각했다. 그러니까 이건 페어플레이였다. 침묵 속에서 심장이 여러 차례 뛰었다. 남자는 나를 물끄러미 바라보다가 모자를 챙겨 현관으로 향했다.

"고양이 죽이러 가세요?"

"그런 거 아니야."

"그러면요?"

"산책."

"6시 30분인데요. 여름이라서 아직 밝아요."

"낮에도 나가려면 나갈 수 있어."

읊조리던 목소리가 평소의 높낮이를 되찾고 말도 부쩍 짧아져서, 여기까지구나 싶었다. 드라마에 삽입된 중간 광고가 끝나고 원래의 줄거리로 되돌아가는 듯했다. 나는 잠자코 남자를 따라나섰다. 남아 있으라거나 따라오지 말라거나 하는 말이 없었으므로 침묵이 허락인가 보다 할 뿐이었다.

한참을 걸어 도착한 곳은 동네 왼편에 위치한 사무용 건물이었다. 휴가철이라 그런지, 퇴근 시간이 지나서인지 복도가 한산했다. 우리는 곧장 꼭대기 층까지 올라갔다. 옥상 문을 열고 밖으로 나간 남자는 에어컨 실외기 옆에 서서 철제 난간에 두 팔을 얹었다. 나도 따라 했다. 고작 8층밖에 안 되는데도 막상 내려다보니 까마득한 높이로 느껴졌다. 침묵 속에서 다시 긴 시간이 흘렀다. 문득 남자가 중얼거렸다.

"모든 생명은 소중하다고들 하잖아."

"보통 그렇죠."

"그런데 생명의 무게라는 건 어떤 이유로든지 다른 것 같아. 쥐 몇 마리가 죽는 거랑, 고양이가 죽는 거랑, 사람이 죽는 게 같을 수는 없단 말이야."

"아까 하던 이야기랑 비슷하네요."

"아니, 아니야. 완전히 다른 거야. 케이크 손에 주기가 있다고 말하려는 거야."

"주기요?"

"크고 무겁고 중요한 걸 만질수록 정신이 오래 남아. 벌레보다는 쥐가, 쥐보다는 고양이가. 그렇다면 고양이보다는……."

말끝을 흐린 남자는 에어컨 실외기를 디딤판 삼아 난간 위로 올라섰다. 목소리가 내 머리 위에서 이어졌다.

"아까 집에서 한참이나 떠든 건 그냥 소리야. 소리도 아니고 소음 수준이야. 사실은 아무짝에도 쓸모없는 거야. 몇 달 전부터, 옥상 문이 열린 빌딩을 찾아다녔어. 언젠가 사람에게까지 손을 대고 싶어질 때 갈 곳을 정하려고. 나한테 중요한 건 이거 하나야. 물론 너한테도 중요하겠지."

"내려와요."

나는 정면을 바라보면서, 그렇게만 말했다.

"왜?"

"모든 생명은 소중하잖아요."

"너는 그 말을 진심으로 믿니?"

나는 언제나 세상의 태도가 모순적이라고 느꼈다. 다른 사람에게 미안한 마음조차 빚지울 수 없는 존재들은 그저 조용히 죽어야만 하는 것 같은데, 그런 일이 언제나 일어나는데 정작 세상은 생명이 그 자체로 소중하다고 말한다. 그리고 보이지 않을 수 있었던 존재들이 눈에 띄는 잘 못을 저지르고서야 저런 인간은 살 가치가 없음을 인정한다. 즉 세상 사람들은 죽음을 먼저 부추김으로써 악인이 되는 상황을 피하려 하고, 그 누군가가 죽을 만한 존재가 된 다음에야 허락이라도 받은 듯 솔직해진다.

따라서 나는 믿지 않았고 다른 구실을 준비하지도 않았다. 네가 죽으면 내가 슬프다는 말은 도시가스 청구서와 비슷하다고 생각한다. 내가 이만큼 따뜻한 마음을 건넸으니 너도 그래야 한다며, 상대가 빚진 부분을 능청스레 건드리는 것이나 마찬가지다. 혹은 상대가 슬프든 말든 신경 쓸 바 아닌 관계라면 아무 효력이 없다는 점에서는 자해 협박과 비슷할 수도 있다.

물론 남자가 사라진다면 나는 슬플 텐데, 그 슬픔은 설득의 근거가 될 수준이 아니었으며 내 목숨을 건넬 정도도 아니었다. 그러니 만약 그런 일을 허락한다면 그 이유는 내가 살기 싫어서일 것이다. 남자를 살리고 싶어서가 결코 아니다. 나는 일부러 못된 말을 했다.

"떨어져서 죽으면 사람들이 싫어해요. 도로가 더러워지고 본 사람들한테도 민폐니까."

"보통 한두 시간 안에 치우지. 살아 있으면 더 싫어하고."

"오늘 치워지실 생각이세요?"

왜인지는 몰라도 그렇게 묻고서야 겨우 고개

를 돌려 남자를 바라볼 용기가 났다. 곧바로 눈이 마주쳤으므로 나는 남자가 오래전부터 나를 응시하고 있었음을 깨달았다. 가라앉는 해가 등 뒤에서 타오르는 빛을 발하는데 얼굴과 몸은 역광을 받아 어두웠다. 소름 끼치도록 익숙한 느낌이 심장을 움켜쥐는 찰나 낮은 목소리가 카메라 바깥으로부터 삽입되는 내레이션처럼 울렸다.

"언젠가 여기 올라오게 될 거야."

소리는 바로 옆에서 들리는데도 다른 세계의 것 같았고, 그래서 나는 그게 진실이라고 믿을 수 없었다. 난간에서 내려온 남자는 등을 돌려 옥상 문으로 향했다. 여전히 몸이 어스름에 잠겨 있었다. 노을을 도려낸 자국이 스스로 움직이는 듯했다. 나는 말없이 남자의 뒤를 따랐다. 그렇게 빌딩의 정문으로 나오자 다른 인간들이 보이기 시작했다.

◆◆◆

남자는 버스 정류장 앞을 지나며 앞으로도 과

외를 계속 받을 거냐고 물었다. 나는 그러겠다고
했다. 그러자 남자가 희미한 혼잣말을 중얼거렸
는데 확실히 들리는 단어는 '동정'과 '없다'뿐이
었다. 자신에게 동정받을 가치가 없다는 듯도 했
고 내게 남을 동정할 자격이 없다는 듯도 했다.
하여간 어느 방향으로든 동정에 필요한 무언가
가 없었다.

그러나 남자는 과외에 동정심이 필요하다고
믿는 사람은 아니었는지, 버스 정류장에서 두어
블록쯤 멀어지고부터 갑작스럽게도 수학 과외
방법론을 떠들기 시작했다. 토익 점수를 읊을 때
와 비슷하면서도 조금 더 경쾌한 어조였다. 아무
의미도 없었다. 그래도 훌쩍이며 대로변을 걷는
것보다는 나으리라 싶어서 잠자코 들어주었다.

◆◆◆

그날은 그렇게 끝났다. 끝났다는 것은 나든 남
자든 그날 이야기를 다시 꺼내지 않았다는 의미
다. 아무 일도 없었던 것처럼 과외가 계속됐으며

잡담도 곧잘 했다. 하지만 어떤 주제를 일부러 피하려면 기억해야 하는 법이고, 나는 방학이 끝날 때까지도 옥상에서 느꼈던 기시감의 정체를 뒤쫓고 있었다. 그러다가 문득 떠오른 것은 내가 고양이를 묻을 때 곁에서 주기도문을 읊던 안혜리의 옆모습이었다.

달빛에 잠긴 새하얀 원피스는 거룩이라는 단어를 알기도 전에 그 감각을 전해주었던 듯하다. 당시의 느낌이 정말로 어땠는지는 알 길이 없지만 나는 계속 의미를 덧댐으로써 소망을 진실로 바꾸어왔다. 즉 어떤 감각은 바람이나 착각으로부터 시작되어 현상으로 완결되는 것이다. 처음 본 애에게 흙과 피를 묻히고 자신은 한 발짝 물러나는 일을 거룩함으로 이해할 수 있다면 옥상에 선 남자도 거룩할 것이다. 어두운 숭고함이라고 부를 만했다.

하지만 나는 그 순간의 이미지에 완전히 사로잡히지는 못했다. 안혜리의 경우와는 달랐다. 내목숨이 걸려 있어서인지, 실수를 거듭할 만큼 어리석진 않아서인지, 아니면 남자가 여러모로 너

절한 탓인지. 아마 셋 모두가 이유일 것이다. 하여간 나는 밤마다 남자의 집에 들르면서도 삭막한 거리를 유지했고, 이전과 같은 강렬함을 느끼진 못할지라도 안혜리와 어울려 다녔다. 장대 위의 고무줄에 얹힌 기분이었다. 곡예꾼들은 외줄 위를 손쉽게 걷고 기분이 내키면 뛰어다니기도 하는데 어디까지나 줄이 잘 붙어 있다는 전제하에서다. 한껏 팽팽해진 줄은 적당한 계기를 만나면 곧장 끊기고 만다.

공교로운 점은 그 계기가 성실성으로부터, 혹은 무관심한 배려로부터, 내가 가진 그나마 좋은 면으로부터 출발했다는 것이다. 재활 훈련처럼 진행되는 과외일지라도 남자는 최선을 다했고, 나도 내용을 귀담아들었다. 다른 배우의 대사를 이해하지 못한 채로 연극에 참여할 수는 없는 법이다. 그게 몇 달이 넘어가니 2학기 중간고사에서는 수학과 영어 성적이 눈에 띄게 올랐다. 그중에서도 영어가 13점에서 73점이 된 것은 엄청난 발전이라서, 나는 조례가 시작되기도 전에 교무실로 불려 갔다. 부른 사람이 수학이나 영어가 아니라 국어 선생이라는 게 우습다고 생각했지만 필기구 세트를 건네니 받을 수밖에 없었다.

"몇 달 만에 이렇게 점수 올리기가 쉽지 않은데, 다른 선생님들 말로는 수업 시간에 집중하는 모습을 본 적이 없다고들 하고. 아는 선생님한테 과외 받는다고 했던가."

"비슷해요. 아파서 집에만 있는 사람인데, 아무것도 안 하니 무기력해진다고 해서."

"밖에도 못 나갈 만큼 아픈 사람이 선생 노릇 하기 쉽지 않은데, 대단한 분이구나. 그래도 그 선생님 건강이 나아진 다음에는 신세 지기가 어려울 텐데."

"아마 그렇겠죠. 그런데 꼭 건강 때문이 아니더라도 천년만년 할 수는 없으니까."

"그러니까 학교 수업에 집중하는 습관을 기르라는 소리다. 혼자서도 공부하는 법을 아는 게 중요하다고들 하잖아. 수업에 집중하는 게 그 첫걸음이야."

"수업은 혼자서 공부하는 게 아니라 선생님이 말하는 거 듣는 시간 아닌가요."

"그러면서 따로 배우는 태도가 있는 거야. 이제 시작했으니까 앞으로도 잘 해봐라."

뿌듯함 어린 훈계가 이어졌다. 일부러 약한 패로 승리를 거두고는 자신의 실력을 뽐내는 사람 같았다. 그 기쁨에는 만난 적 없는 동지를 상상하는 마음도 숨어 있을 것이다. 기분이 묘했지만 국어 선생의 안목이 뛰어난 것도 사실이었으므로, 나는 그냥 고개를 수그려 감사를 표했다. 그렇게 교무실을 나서자 영화의 한 구간을 되풀이하듯 익숙한 신발이 보였다. 두어 발짝 뒤에는 또 다른 신발도 서 있었다. 안혜리가 과장된 몸짓으로 나를 껴안으려다가 필기구 세트에 관심을 보였다.

"왼손에 든 거 뭐야?"

"영어랑 수학 성적 올랐다고 국어가 줬어."

"뭐야, 자기 과목도 아닌데 그걸 왜 줘. 국어가 현수 너무 편애하는 거 아니야? 아침부터 막 부르는 것도 그렇고."

"현수 완전 모범생 돼서, 우리랑은 놀지도 않잖아. 그치?"

그 말과 함께 뒤에 물러나 있던 신발이 걸음을 성큼 내디뎠다. 윤서래가 조약돌처럼 작고 동글동글한 얼굴로 나를 올려다보았다. 발그레한 볼과 부드러운 눈웃음.

"우리 2교시 끝나자마자 조퇴증 끊고 바로 노래방 갈 건데, 같이 갈래?"

윤서래가 먼저 이런 말을 건네는 건 처음이라서, 나는 짖는 개의 주인을 바라보듯 안혜리에게로 시선을 옮겼다. 평소와 같은 분위기였지만 묘한 구석이 있었다. 나와 그 애 사이에 놓인 몇 걸음마저도 무언가를 암시하는 듯했다. 안혜리와 10년 가까이 알고 지냈는데 이게 무슨 상황인지 모르면 머리가 없는 것이다. 본능적인 위기감이 닥쳐오려다가 전원이 꺼지듯 온몸의 감각이 훅 내려앉았다. 아직은 안혜리의 곁이 좋았지만 이런 것에 전전긍긍하기는 지겨웠고, 둘을 저울에 올려놓으니 딱 평형이었다.

"오늘은 선생님한테 선물도 받았는데 빠지면 미안해서. 다음에 갈게."

"와, 이젠 선생님이래. 진짜 배신자다. 우리한

테 이러면 안 되는 거 아니야?"

별생각 없이, 무심코 내뱉은 호칭이었지만 진심도 섞였을 것이다. 윤서래가 장난스레 받아치더니 웃음을 터뜨렸다. 안혜리의 팔이 놀이기구의 안전장치처럼 내려와 윤서래를 감싸 안았고, 미소 담긴 두 눈이 아쉬운 기색 없이 나를 바라보았다. 명령 같고 속삭임 같은 한 문장.

"내일은 꼭 보자."

둘이 바로 옆을 지나는 순간 무딘 못에 눌리는 느낌이 허리께에 닥쳐왔다. 아프다기보다는 기분이 나빴다. 윤서래가 팔꿈치로 나를 찌르면 딱 그 높이가 됐다. 나는 곧바로 뒤를 돌아보았다. 윤곽선이라도 두른 것처럼, 윤서래와 안혜리의 뒷모습이 복도를 서성이는 아이들 사이에서 어둡게 빛났다.

"말했잖아. 쟤 남자 때문에 바쁘다니까."

그러고는 문득, 인형이 재잘대는 듯한 목소리가 아침의 소음을 뚫고 내게 닿았다.

◆◆◆

　달려가서 윤서래를 후려갈기는 건 그 애 말이
옳다고 인정하는 꼴이나 마찬가지였다. 주먹을
들면 지는 일이었다. 그러나 대화로 풀 일도 아
니거니와 2교시부터 노래방에 간다는 애들을 따
라가서 따질 수도 없었다. 교실을 떠나진 않았지
만 수업 내용은 한 글자도 귀에 들어오지 않았
다. 들리지 않으니까 들을 수가 없었다. 나는 이
감정의 정체를 따지느라 바빴다.

　남의 사정을 제멋대로 추측한 다음 이러쿵저
러쿵 떠드는 건 화날 만한 일이었는데, 학교 정
문 앞에서 토하던 남자의 모습을 계속 떠올리게
되는 건 수치심의 증거인 듯했다. 아무튼 나는
체면을 구겼으며 화까지 났다. 그 둘이 한동안
속을 태우고 나서야 뒤늦은 궁금증이 올라왔다.
윤서래는 원룸촌 골목에 올 일이 없는데, 이걸
어떻게 알았느냐는 것이다. 옥상에서의 대화를
마친 후에도 여러 차례 산책에 따라나서기 했지
만 그린벨트 방향이 아니라 동네의 왼쪽이나 오

른쪽으로 향한 건 다 합쳐도 두 번밖에 안 됐다.

이 좁은 동네에서 들키는 데에는 두 번만으로 충분했던 것인가. 그렇다면 윤서래가 남자와 나를 발견한 건 둘 중에서 언제인가. 소용도 쓸모도 없는 고민이었지만 도무지 멈출 수가 없었다. 그 생각들이 기도 역할을 대신해주기라도 했는지 학교가 끝나자마자 단서가 잡혔다. 김은아가 묘한 핑계를 대면서 나를 도서관으로 데려갔던 것이다. 주위를 두리번거리며 애들이 없는 곳을 찾던 김은아는 서가 구석 자리에서 운을 뗐다.

"요새 윤서래가 네 얘기해."

"무슨 얘기?"

짐짓 모르는 척 되묻자 김은아가 한층 조심스러워진 목소리로 답했다.

"저기, 1학기 때 그 미친 남자 있었잖아. 학교 앞에 케이크 가져온 남자. 그 남자랑 너랑 사귄다던데. 공부도 가르쳐주고."

"걔가 그렇게 말하고 다녀?"

"응. 직접 봤대."

"윤서래 미친년 아니야?"

하지만 진짜 문제는 윤서래가 제정신이며 귀까지 밝았다는 거였다. 그때, 옥상에서 내려온 직후에 나눈 이야기를 들은 게 분명했다. 그리고 안혜리는 그 애에게 기회를 주고 있었다. 남편은 아니더라도 뭔가 다른 게 될 기회였다. 그 애가 항상 꿈꾸던 거였다. 나는 얼굴이 제멋대로 구겨지는 걸 느끼며 김은아를 바라보았다. 눈이 마주치자마자 김은아가 도망치듯 고개를 수그렸다.

"너, 나한테 이거 알려주는 이유가 뭐야?"

"알아야 할 거 같아서."

"왜?"

"요새 안혜리가 윤서래 끼고 다니잖아."

"그런데?"

대답이 없었다. 나는 다시 물었다.

"그걸 내가 왜 알아야 하냐고."

"그게……."

"그게."

"그러니까……."

"그러니까 뭐."

김은아의 어깨가 떨리기 시작했다. 툭 건드리

면 바로 눈물이 쏟아질 듯했다. 나는 김은아에게 화풀이할 필요가 없음을 자각하는 동시에 그 분노의 세목을 되짚었다. 처음에는 체면이 구겨진 것만이 유일한 이유라고 믿었는데, 지금 곱씹어 보니 다른 게 섞여 있었다. 누가 안혜리의 옆에 서겠느냐 하는, 사소한 문제 따위로 아옹다옹해야 한다는 사실 자체가 짜증스러웠다. 나는 내가 그걸 사소한 문제로 여기게 됐다는 사실에 잠깐 놀랐고, 김은아가 조용히 우는 걸 보자 난처해졌다.

"너한테 화내는 거 아니야. 너한테 화내서 뭐 해. 그냥 천천히 이야기하면 돼."

훨씬 누그러진 어조로 김은아를 달래고는 조용히 기다렸다. 버려두고 갈 분위기가 아니었다. 이윽고 복받치는 숨소리에 낱말이 섞여 나오기 시작했다.

"넌 나한테 비린내라고도 안 하고 술 마시라고도 안 하잖아. 그래서 그런 거야."

그러더니 김은아는 고개를 푹 수그린 채 떠나 버렸다. 성큼성큼 걸어나간 자리에 눈물 자국이 두어 개 남아 있었다. 어쩔까 하다가 발끝으로 바닥을 슥슥 문질렀다. 슬리퍼 밑창 먼지가 물기운에 녹아 나왔다. 더러워진 바닥을 보자 아까 전의 대화와 눈물방울까지가 촌스러운 코미디 영화의 한 대목 같아서, 실실 웃음이 나오기 시작했다. 울어서 해결되는 문제가 아닌데도 우는 사람이 너무 많다. 하긴 울어서 해결될 만큼 사소한 문제만 있으면 울 필요가 없을 것이다.

세상은 이토록 사소한 부분에서부터 앞뒤가 안 맞게 짜여 있다. 내 삶도 비슷해 보인다. 감정이든 물건이든 무언가를 주고받는 절차가 일종의 거래라면 아주 어릴 때는 아무도 나를 거래에 끼워주지 않았다. 괜히 가게나 학원에 들어가 보기도 했지만 나는 여전히 그림자였다. 그림자에서 사람을 건져내는 것은 품이 드는 일이거니와 잘못 손을 댔다가는 건져내려던 사람 자신까지 다치고 만다. 운이 좋게도, 혹은 운명처럼 안혜리가 그 일을 해줬다. 즉 초등학생 시절에는 안혜리에게 받은 것이 많았으며 그다음부터는 다른 애들에게 잘못한 것이 많았다. 그리고 이제는 모든 종류의 거래가 지겨웠다.

하지만 장부를 온전히 정산하기 전까지는 떠날 수 없거니와 어떤 애들은 타인의 죄에 빚지는 식으로만 살아가는 듯해서, 나는 곤란해졌다. 윤서래의 급이 올라가면 김은아의 신세가 나빠질 게 분명하니까, 성가신 놀이를 계속해야 하는 건가. 안혜리가 베푼 은혜가 여전하며 김은아는 불쌍한 애니까, 이제부터는 내가 밀져줘야 하는 건가. 그러면 박경수는. 또, 이름도 모를 만큼 불쌍한 애들은. 그 애들은 아마 내가 얻어맞는 꼴을 보고 싶어 할 것이다. 혹은 대학에 가고 취직할 무렵이 되면 나는 자연스레 밑바닥에 떨어져 있으리라 짐작함으로써 마음을 달랠 것이다.

갖가지 불쌍한 애들의 얼굴이 머릿속을 둥둥 떠가다가 이내 사라졌다. 객관적인 여건으로는 내가 제일 불쌍했는데 그걸 책임질 사람은 마땅치 않아서, 그런데 다른 애들의 불쌍함에는 내 책임이 충분히 많아서, 울어보는 것도 괜찮겠다는 생각이 들었다. 해본 생각일 뿐이지 실천에 옮기지는 않았다. 나는 괜히 서가에서 아무 책이

나 꺼내 뒤적거리다가 남자의 집에 가기로 했다. 어차피 달리 할 것도 없었다.

•••

"친동생도 아니고 사촌 동생 뒷바라지가 이렇게 힘들 일이냐. 돈이 문제가 아니야. 나도 슬슬 헛소리를 들으면 혈압이 오를 나이야. 이러다가 진짜 차단할 수도 있으니까 정신 똑바로 차리고 살아. 생활비 안 받을 거면 정식으로 정신병원 가서 진단명 받고 기초수급자 등록하거나."

"나 정말 제정신이야. 언어논리 파트도 시간 안에 다 풀어. 40문항 중에 36문항 맞았어."

"야, 36문항이고 자시고 간에, 내가 이렇게까지 말하는데 대답이랍시고 시험 점수 타령을 하는 게 제정신이 아니라는 증거야. 직장도 관두고 집에 틀어박혀서, 뭘 맨손으로 만지면 케이크가 된다고 헛소리나 해대는데 성적이 대수냔 말이야. 정 그렇게 증명하고 싶으면 내 앞에서 해보라니까. 그러면 내가 돈을 주겠어, 안 주겠어. 얼굴 보고 이야기할 때는 정작 아무것도 못 하니까 이러는 거 아니야."

"형이 보기엔 내가 정신병자 같아?"

"너 내가 강제 입원 하루에 몇 번씩 검색하는지 모르지?"

"그렇다 치자. 내가 정신병 걸린 건 어릴 때 형네 집에서 살아서야."

"이 새끼가 갑자기 무슨 소리야. 우리 부모님이 너 챙기느라 엄청 신경 쓴 거 알아, 몰라. 부모 잃은 중학생, 대학교까지 보내놓고 유세 한번 안 부렸어. 그런 식으로 따지면 내가 대학 관두고 엇나간 건 네 탓이다. 부모님이 사촌 동생 챙기느라 나는 한구석에 밀어놔서. 성격이 다 망가져서."

"그래서 형이 나 죽어라 때렸잖아. 볼 때마다 욕하고."

"때려? 내가 널 때렸어? 내가 너한테 욕했어?"

"어. 4년 내내 그랬어."

"아, 이 씨발 개 같은 소리 하지 말고. 그러니까 그게 언제 적 일이냐고. 너 몇 살이야. 서른 넘었잖아. 내가 대학생 되고부터는 거의 나가서 살았으니까, 그러면 15년쯤 된 일인데, 그거 때문에 병이 지금 터져? 너 지금 씨발, 나한테 그딴 소리 하면서 네가 제정신이라는 거야? 월세 끊기고 개처럼 살아볼래? 강제 입원 차 부를까?"

◆◆◆

나는 남자에게 책임을 떠맡기진 못해도 심란함을 나눠줄 수는 있으리라 생각했다. 탓하는 마음이 절반, 이게 애들끼리의 일이라고 믿는 마음이 절반이었다. 우선 길거리에서 큰 소리로 수학 과외 이야기를 하는 건 남의 이목을 끌 만한 일이니까, 남자가 조용히 걸었더라면 윤서래가 우리를 발견하지 못했을 수도 있었다. 한편 안혜리나 윤서래나 나나 아직 중학생이었다. 학교에 다니는 애였다. 학교 안팎에서 일어나는 사건들은 남자가 빌려야 하는 1억 5천이라거나 망가진 경력 따위에 비하면 지극히 사소해 보였다.

결국 나는 남자를 탓한 뒤 경멸을 돌려받음

으로써 이게 별일이 아님을 증명하고 싶었던 것
같다. 비웃을 만한 일을 기꺼이 비웃는 태도에는
선량한 거짓말보다 깊은 존중이 담겨 있다고 느
낄 때가 있다. 항상은 아니더라도 가끔 그렇다.
그런 생각만으로도 마음이 한결 가벼워져서, 학
교를 막 나설 때까지만 해도 불쑥불쑥 화가 들
끓었는데 원룸촌 골목에 발을 들일 무렵에는 필
기구 세트가 떠올랐다. 소꿉놀이에 가까운 과외
일지라도 학교 성적이 올랐다는 말을 들으면 좋
아할 것이다.

   텅 빈 집에 가방을 내려놓은 다음 필기구 세
트만 따로 꺼내서 옆 건물로 향했다. 짤깍거리는
도어록 소리와 함께 문이 열렸다. 나는 하찮고
멋없는 사건과 그나마 괜찮은 사건 중에서 무엇
을 먼저 꺼내 들까 고민하면서 레몬 향기 속으
로 발을 들였다. 거기까지는 분명히 평소와 똑같
았는데, 내 몫은 아니고 정체도 모를 사건이 현
관 너머에 있었다. 고행하는 수도승처럼 무릎 꿇
은 채 바닥에 내려놓은 휴대폰을 응시하는 남자.
남자는 새까매진 화면에 집중하느라 내가 들어

왔는지도 모르는 듯했다. 눈치채기 전에 도망쳐
야 할까, 생각하는 찰나 휴대폰 스피커로부터 날
선 질문이 튀어나왔다. 남자 목소리였다.

"지금 그거, 도어록 소리지?"

그제야 남자가 천천히 고개를 돌려 나를 바라
보았고, 그저 바라보기만 하다가, 다시 고개를
돌려 휴대폰을 똑바로 마주 보았다. 그러고는 화
면 너머의 누군가가 그 몸짓을 알아보기라도 할
것처럼 고개를 내저었다.

"잠깐 스피커에서 다른 소리 난 거야. 아무것
도 아니야."

"너 혼자 살지. 사람 만날 상태도 아니고. 그러
면 지금 들어온 건 누구야."

"정말 아무것도 아니야."

"계속 거짓말할래?"

남자는 답하지 못했다. 목소리가 몰아붙일 듯
한 기세로 이어졌다.

"넌 씨발 정신병자야. 그게 아니라면 네 집에
지금 사람이 드나드는 게 설명이 안 돼. 갑자기
일하기 싫어져서, 나한테 용돈 받아 살려고 버러

지 흉내를 내든, 아니면 케이크 이야기가 진심이
든 간에 미친 거야. 마지막으로 기회 줄 테니까
바로 받아라."

휴대폰에 불빛이 들어오면서 통화 화면 위에
화상통화 착신전환 버튼이 나타났다. 이름 칸에
는 형이라고 적혀 있었다. 남자는 다시 한 차례,
나를 힐끔 보더니 굳은 자세 그대로 멈췄다. 심
장이 열 번쯤 뛸 동안 침묵이 흘렀다. 이내 화면
너머의 형이 다그쳤다.

"야, 이 새끼야. 사람 말이 안 들려?"

그제야 천천히 장갑을 벗은 남자는 왼손 검지
로 버튼을 눌렀다. 그러면서 윗몸 전체가 절하
듯 기울어졌다. 자기 죽음을 마지못해 받아들이
고 껴안는 사람 같았다. 화상통화 화면에 등장한
사촌 형은 일곱 해 전의 남자가 별 탈 없이 늙었
으면 됐을 법한 얼굴을 하고 있었다. 사촌 형과
남자가 동시에 손짓했으므로 나는 그 곁에 가서
무릎을 꿇고 앉았다. 헛웃음이 스피커를 통과해
나오며 바지직거리는 잡음으로 변했다. 이어지
는 질문.

"여자애 맞지? 몇 살이야?"

"중학교 3학년요."

남자가 말하지 않아서 대답은 내 몫이 됐다. 스물둘이나 스물셋쯤으로 읊어도 됐겠지만, 나는 키가 크니까 충분히 속일 수 있었겠지만 그것조차 정답은 아닐 거였다. 애당초 이 시점에, 여기 들어온 것부터가 오답이었다. 다시 바지직거리는 소리가 났다.

"그것도 중학생이야?"

이건 대답을 바라고 한 말은 아닌 듯했다.

"중학생."

목소리가 그 낱말을 다시 한 차례 중얼거렸다.

"윤채가, 너 조카가 내후년에 중학교 들어간다. 지금 정신이 있어, 없어?"

그러고는 어조가 돌변했다. 여기서부터는 분명히 내가 답할 부분이 아니었다. 나는 휴대폰 카메라 바깥으로 물러났다.

"그런 거 아니야. 내가 영어랑 수학 가르치는 애야. 방에만 있으려니 정말 미칠 것 같아서 시작한 거야."

"말이 되는 소리를 해라. 널린 게 과외 선생인데 도대체 누가 너한테 애를 맡겨."

"나는 그래도 아직 시험 점수는 제대로 받으니까……. 다른 건 몰라도 정말로 그럴 정신은 남아 있으니까……."

"야, 이 새끼야. 만약 과외를 받는다 치더라도 쟤가 네 집에 찾아오는 건 문제가 있는 거야. 시험문제는 잘 푸는 새끼가 상식적으로 생각이 안 돼? 다 떠나서 그 나잇대 여자애가 서른 넘은 남자 집에 드나드는 게 정상적인 상황이야?"

"나도 알긴 알아. 문제 많은 거 알아. 그래도 설명을 좀……."

"아는 새끼가 왜 그러고 다녀?"

문답이 이어지는 사이 나는 참담한 기분으로부터 도피해 다른 생각을 하고 있었다. 사촌 형이 내세우는 요지가 긴가민가했다. 남자가 중학생 여자애를 꼬드길 만큼은 제정신이라는 건지, 제정신이 아니라서 중학생 여자애를 집에 데려온다는 건지, 내가 여기 드나들 만큼 사리 분별이 안 되는 애라는 건지……. 하여간 사업이 수상적은 것과는 별개로 사촌 형이라는 사람이 꽤 상식적인 인간이며 우리가 정상이 아니라는 건 확실히 알 수 있었다.

사촌 형은 오늘에야말로 강제 입원을 시키겠다고, 사설 구급차 업체까지 다 알아봤다고 을러 댔다. 남자는 안 된다고 답했다. 사촌 형은 생활비를 끊어버리겠다며 협박했다. 남자는 제발, 이라고만 답했다. 제발, 제발, 제발. 그러다가 잘못했다고 빌기 시작했다. 그렇게 한쪽은 윽박지르고 한쪽은 애걸하는 패턴이 계속되다가 통화가 툭 끝났다. 남자는 절벽에 매달리듯 전화를 걸었다. 두어 번은 벨이 울리다가 중간에 끊겼고, 그다음부터는 곧바로 음성사서함으로 이어졌다.

남자는 나를 원망하지 않았다. 돌아보지도 않았다. 울지도 않았다. 남자는 통화 버튼을 계속 눌렀다. 한 번도 연결되지 않았다. 나는 뒷걸음질 치듯이 물러나 남자의 집을 떠났다. 그제야 심장이 고동치기 시작하면서 등줄기가 땀으로 젖었다.

◆◆◆

　이따금 세상의 꼭대기에서 죽음을 택하는 사람들의 소식을 듣게 된다. 대기업 총수건 명예의 전당에 오른 톱스타건 시대를 풍미한 정치인이건 그런 경우가 있다. 사람들은 그 소식을 두고 다정함이, 위로가, 기댈 만한 주변인이 중요하다고 말한다. 물질로는 마음의 빈자리를 채울 수 없으며 따라서 생을 붙들 수도 없다고들 한다.

　그런데 솔직히 물이 액체라는 말을 소식으로 듣는 사람은 없다. 소식으로 성립하는 것은 상식에서 엇나간 것들뿐이다. 따라서 보통은 물질이 중요하다. 효과만을 논하자면 따뜻한 손길보다도 1억 5천만 원이 살리거나 죽인 사람이 더 많을 것이다. 다만 죽음을 바라보는 사람에게 그 큰돈을 턱 던져주는 자선가는 없으므로 전자가 후자보다 소중해 보이는 것이다. 한편 1억 5천까지 갈 것도 없이, 세상에는 돈 100만 원이 없어서 죽는 사람도 많다. 조만간 남자도 그렇게 될지 모른다.

나는 남자에게 잘못한 게 맞았다. 운과 시기가 절묘했을지라도 결과가 그랬다. 돌아가서 사과를 건넬까 고민하기도 했지만 원망을 듣든 용서를 받든 참담하기만 할 것 같았다. 만약 후자라면 그 태도에는 초인적인 관용이나 절망에 가까운 체념이 깔려 있을 텐데, 거기엔 어쨌거나 아득한 무게가 있었다. 나는 그 무게를 감당할 방법을 몰랐으므로 다음 날에는 안혜리를 만났다. 내일은 꼭 보자던 말이 이상한 방식으로 이루어진 셈이었다.

우리는 단둘이서 거실 소파에 앉아 있었다. 평소처럼, 침대에 함께 누워 이야기할 때처럼 우리 사이에 이런저런 낱말들이 오갔다. 그러다가 안혜리가 몸을 슬쩍 기울여 내게 기댔다. 부드러운 머리카락이 목덜미를 감쌌고 복숭아 향기가 훅 끼쳤는데, 나는 그게 달콤하기만 해서 살짝 불편해졌다.

"윤서래가 네 이야기해."

"뭐라고 하는데?"

"예전에 미친 남자가 학교 앞에 케이크 가져

온 적 있었잖아. 현수랑 그 남자랑 사귄다던데."

"무슨 소리야."

"방학 중에, 버스 정류장 앞에서 봤대. 저녁에."

"몰라. 잘못 본 거겠지."

"원룸촌 있는 방향으로 가면서 수학 과외 얘기했다고 그랬어. 거기 현수네 집이잖아."

"그래서?"

"그 남자랑 했어?"

"말도 안 되는 소리 하지 말고."

"윤서래가 거짓말한 거지?"

나는 남자와 그런 관계가 아니었지만 윤서래가 거짓말을 했다고는 말할 수 없었다. 나는 어제 남자가 겪은 곤경이 내 삶에서 반복되는 것을 느끼며 침묵했다. 어차피 내가 뭐라고 답하든 결정은 안혜리의 몫이었다. 안혜리의 입술이 날갯짓 같은 웃음소리를 발했고 내 머릿속에도 문득 새하얀 비둘기가 퍼드덕 날아가는 심상이 떠올랐다. 올리브 나뭇가지를 가져옴으로써 대홍수의 끝을 알리는 평화의 새.

"윤서래만 다른 초등학교 나온 거 알지. 여기서 엄청 먼 곳에서 학교 오는 거야. 자기 아빠 차타고. 몇 골목 앞에서 내려주는 거라서 보통은 몰라."

"그랬나."

"걔 엄마 동남아 사람인 것도 알지."

"그건 알지."

"그래서 초등학생 때 전따 됐거든. 걔가 자기집 얘기 절대 안 하는 거 그래서잖아."

"그렇구나."

"윤서래 밟을까?"

나는 이것조차 명령이라는 걸 알았다. 고개를 끄덕이면 나는 계속 안혜리의 남편으로 남을 것이다. 고개를 끄덕이지 않으면 안혜리는 윤서래를 선택할 것이며 나는 그대로 끝날 것이다. 안혜리는 모두의 상처를 이해했으므로 모든 상처를 아는 존재가 되었고, 가끔은 그걸 저울에 올려놓은 채 택일을 강요했다. 내 차례였다.

그래서 나는 어제부터, 혹은 그 이전부터 계속해오던 생각을 비로소 진실로 받아들였다. 드디어 인정한 것은, 그때 내가 그림자에 잠겨 무덤을 파는 동안 안혜리는 흙과 피로부터 멀리 떨어져 있었다는 사실이다. 죽어가는 것들, 더러운 것들을 내려다보면서도 자신의 원피스는 새하얗게 남겨두었다는 사실이다. 그러나 안혜리가 아니라면 그걸 어떤 이유로든 내려다볼 사람이 없었다는 사실이다.

나는 그 셋 중에서 가장 아름다운 것 하나만을 그 순간의 이미지로 삼고 나머지는 외면하는 방식으로 삶을 버텨왔다. 반면 상식적이며 교양 갖춘 사람들이 보이는 속물성이란 사랑할 만한 것만을 사랑한 다음 따지러 올 사람이 없는 채무는 그저 잊어버리는 태도다. 받아들이지 못할 정도의 더러움은 오로지 저들의 몫이며 자신에게는 빚이 없다는 확신이다. 그런 속물성을 거부할 방법이, 속물조차 되지 못할 무언가에 이미지를 덧씌우는 것뿐이라면 삶은 고통이거나 거짓말이다. 처음부터 알고 있었으므로 이건 파국이 아니었다. 다만 싱겁고 지겨웠다.

"귀찮아."

"뭐가 귀찮아?"

"죄다……."

안혜리는 왼팔을 내 목덜미 뒤로 끼워 넣더니 몸을 살짝 틀어 나를 정면으로 바라보았다. 오른팔이 마저 다가와 나를 껴안았다. 나는 그 애의 눈을 잠깐 마주 보다가 팔을 떨쳐내고 일어났다. 내 눈높이가 거실 맞은편 벽에 걸린 목자의 그림과 정확히 일치했다. 등 뒤에서 내 이름이 들렸다.

"현수영."

뒤를 돌아보면 그 애가 어떤 표정을 짓고 있는지, 뜻밖의 거부에 상처받았는지 이것조차 재밌어하는지 알 수 있었겠지만 그러지 않기로 했다. 나는 이제 현수가 아니라 현수영이었고, 혼자가 되는 일에 대해 생각해야만 했다.

기억을 되짚어보건대 길에서 죽은 개를 만난 적이 없다. 그건 개들이 더 강하기 때문이 아니라 길거리에서 살아갈 수 없기 때문이라고 생각한다. 소형견은 소형견대로 빨리 죽으며 대형견이라면 공무원들이 곧바로 잡아가기 마련이다.

결국 개의 삶은 주인을 통해서만 성립하므로 그들은 집에 갇혀 죽거나 줄을 풀고 신나게 달려나간 다음 길에서 죽게 된다.

반대로 고양이들이 길에서 죽는 것은, 그들이 길거리에서 살 수 있으며 살아가기 때문이다. 언젠가 안혜리가 말하길 내가 고양이를 닮았다고 했다. 지금은 품에 안고 있어도, 언제든 잽싸게 빠져나가서 바깥에서도 잘 살 것 같다고 그랬다. 예전에는 그 말을 깊이 생각하지 않고 흘려 넘겼다. 나는 정말로 오랜만에, 내가 개인지 고양이인지가 궁금해졌는데 답은 내 안에 없었다. 나는 진실로 혼자가 되는 게 어떤 상태인지 알지 못했다.

◆◆◆

아무 이유 없이 동네를 돌아다니다가 집에 와서 편지를 썼다. 반응을 확인할 용기가 없을지라도 사과는 필요했다. 공책에 글자를 꾹꾹 눌러 적는 동안 머리가 갖가지 감상으로 와글거렸다.

국어 선생에게서 받은 필기구를 이런 데에 쓰고 있다는 아이러니, 이 편지가 남자를 위한 것이라기보다는 자기만족에 가까울 거라는 객관화, 이런 자기만족이라도 하지 않으면 어쩌겠냐는 합리화…… 따위가 계속되다가 문 열리는 소리에 툭 끊겼다. 엄마가 나를 내려다보았다.

"웬일로 집에 있네?"

"엄마는 일 안 나가?"

"얘는 뭔 말을 해도 그렇구나 하는 법이 없어. 너 남자들한테도 그렇게 말하니?"

"왜 또 남자 이야기야?"

"하여간 성질머리가 못돼먹어 가지고 뭘 묻지도 못해."

투덜거리는 어조긴 했지만 엄마는 묻고 싶은 게 많은 기색이었다. 지금 이 상황에 빈틈을 보였다가는 뭐든 다 털어놓게 될 듯했다. 나는 일부러 입을 꾹 다문 채 편지를 마저 적었고, 공책을 두 페이지 더 찢어서 봉투를 만들었다. 그러고는 남자의 집 문에 스카치테이프로 붙여놨다. 다음 날 가서 보자 그대로였다. 모레도 마찬가지였다.

그게 일주일쯤 되자 낙관인지 체념인지 모를
게 자라나기 시작했다. 학교에 간 동안 강제 입
원을 당했을지도 모르겠다는 생각이 들었던 것
이다. 케이크 손이 진짜든, 아니면 나와 남자가
동시에 망상에 사로잡혔든 간에 폐쇄 병동에 들
어가는 건 남자에게도 나쁠 구석이 없는 일이었
다. 사실이라면 증명이 가능하고, 망상이라면 치
료받을 수 있다. 먹은 걸 모두 토해내는 일이 없
을 것이며 허구한 날 중얼거리던 시험 성적도
쓸모를 찾을 것이다.

나는 미안함보다 복잡한 마음이 불쑥불쑥 올
라올 때마다 그 생각을 위로처럼 곱씹었지만 상
실감도 느꼈다. 이 마음 역시 단순한 상실감보다
깊었다. 남자에게서 이상한 면이 씻겨나가면 원
룸촌에서 일어난 일들은 부끄러운 기억이 될 것
이다. 죄나 침묵의 형태로 남을 것이다. 고양이
를 죽이던 시간을 뿌듯하게 여겨서는 안 되니까
당연하다면 당연했다. 내가 묻고 싶은 건 이거였
다. 그 당연함의 은혜를 입지 못한 사람은 어떻

게 해야 하는지, 부끄러운 것은 영영 부끄럽기만 해야 하는지, 만약 안혜리가 아닌 누군가가 나를 도왔더라면 어떤 부끄러움은 처음부터 없었을 텐데, 못나고 더러운 것을 굽어보지 않던 사람들의 안온함을 어떻게 탓할 수 있을지…….

그 질문들은 이렇다 할 답도 없이 이어지다가 불운한 가능성을 만나 멈추곤 했다. 서로 다른 처지를 비교하기에 앞서, 남자는 그냥 밖에 나오지 않은 것일 수도 있었다. 죽음을 마주하기 위해 옥상에 찾아갈 기력조차 없었던 것이다. 문을 열면 답이 나오겠지만 여전히 확인할 용기가 없었다. 대신 밤마다 동네 곳곳을 돌아다니면서 케이크를 찾아다녔다. 퇴근 중인 엄마를 마주친 적도 있었다. 엄마는 나더러 미쳤다며 소리를 질렀다. 너 이젠 또 뭐가 문제야. 문제가 너무 많아서 말할 수가 없었다. 잊어버리면 끝날 만큼 사소한 문제 같기도 했고 잊지 못하는 게 당연한 듯도 했다.

하지만 신기하게도 내 진짜 삶은 계속되었으며 그 삶은 중학생들에게 둘러싸여 있었다. 1억

5천의 창업 자금이나 강제 입원이나 고독사 따위에 비하면 사소한 존재들이었다. 심지어 아무 소용도 없는 언어논리 문제보다 하찮았다. 처음에는 그 하찮은 것들이 나를 이상한 비극과 운명에 압도당하도록 내버려두지 않는다는 사실이 짜증스러웠고, 다음에는 그 하찮음이야말로 올바른 상태라는 사실을 받아들였으며, 마지막으로는 강렬한 분노를 느꼈다.

◆◆◆

지겨움은 일시적이고 수동적인 상태이자 유예 기간이다. 삶이 선택의 연속이라 치면, 한 선택에서 다음 선택으로 넘어가는 동안의 간격이다. 간격이 길어지면 수렁에 빠지고 만다. 내 경우에는 이미지를 견고한 땅처럼 밟고 다니던 시절이 끝났으므로 이제는 정말로 땅을 택해야 했는데, 그러기엔 과오가 많았다.

생각의 흐름이 대충 이랬다. 열흘 내내 길거리에서 케이크를 찾아다녔지만 당연하게도 성과가 없었다. 울적함이 깊어지다 보니 왜인지 모르게 정신을 차리고 공부를 해야겠다는 결론이 나왔다. 자포자기에 가까웠지만 여기까지는 꽤 생산적이었다. 그런데 공부의 목적은 결국 대학인 법이었다. 그 사실을 떠올리자 공부할 책상도 없는 집안 꼴이 새삼스레 살갗에 와닿았다. 중학교에서 3년을 보낸 방식도 엉망이었다.

태초의 인간은 선악과를 먹은 뒤에야 자신이 벌거벗었음을 깨닫고 수치심을 느꼈다던데, 내가 딱 그 꼴이었다. 더 큰 문제는 그 사람이 선악과를 먹은 죄로 낙원에서 추방당했다는 거였다. 옷도 없이. 예상하긴 했지만 지금껏 살아온 곳과 해온 것들이 한순간에 모두 부끄러워졌고, 상식적으로 생각하려는 시도는 자해 같았다. 속물이라도 되고 싶었는데 그럴 자격이 없었던 것이다. 쓰레기장을 외면함으로써 깨끗한 상태를 유지하려면 일단 쓰레기가 아니어야 하는 법이다.

그래서 학교에 있는 동안에는 수업에 집중했다가 말았다가 했고, 하교한 다음에는 자습을 했다가 말았다가 했다. 그러는 동안 내가 남자에게 몸을 대주고 과외를 받는다는 소문이 모범생 무리로까지 흘러갔다. 상대가 그 남자라는 사실이 소문을 키웠다. 이내 남자의 과거를 상상하는 놀이가 유행을 탔다. 대학원까지 나온 사람인데 교수가 되지 못해서 미쳤다거나, 그게 아니라 강남에서 큰 레스토랑을 운영하다가 파산했다거나, 말도 안 되는 소리가 많았다. 의사였다고도 했고 대치동의 유명 강사였다고도 했다.

어처구니가 없어서 곧잘 웃었지만 가끔은 속이 쓰렸다. 나 때문에 남자의 복잡한 사정들이 놀잇감으로 전락했다는 생각에 화도 치밀었다. 한편 소문을 들은 국어 선생이 도와줄 방법을 찾다가 자신도 모르게 난처한 표정을 지었을 때는, 다시 부끄러워졌다. 나는 무슨 욕을 먹더라도 학폭위를 열 수 없는 처지였다. 다른 애들은 몰라도 나는 그러면 안 됐다. 나는 이게 바로 페어플레이겠거니 생각하며 견뎌보기로 마음먹었다.

그러니까, 남자가 내게 가르친 지혜 중에서 가장 강력한 것은 인수분해나 분사구문 따위가 아니라 페어플레이라는 생각이 든다. 서로의 약점이 엇비슷하면 신경을 긁지 말아야 하며 책잡힐 구석이 많은 쪽은 일단 몸을 사려야 한다. 그러지 않으면 어떤 식으로든 안 좋은 꼴을 보게 된다. 나는 페어플레이가 뭔지 알았다. 참기 어려울 뿐이었다. 반면 윤서래는 아무것도 모르는 애였다. 김은아가 없는 용기를 내서라도 위험 신호를 보내준 데에는 이유가 있었던 셈이다.

마지막 연도의 마지막 학기가 으레 그렇듯, 2학기 기말고사가 끝나자마자 3학년 아이들은 단체로 살판이 났다. 고등학교 과정을 얼마나 선행했는지로 자존심 싸움을 벌이던 부류까지도 팝송 경연대회에 나왔다고 하면 말 다한 것이다. 교사들은 반에 들어오면 영화를 틀어주거나 자습을 시킨 다음 애들이 얼마나 떠들든 간에 내버려두었다. 소문이 부풀기 딱 좋은 시기였고, 나는 학교에 안 갔다. 계속 교실에 앉아 있으면 누군가를 패게 될 거라는 예감 때문이었다. 물론 그 생각을 하기 직전에는 윤서래를 패는 상상에 사로잡혀 있었다.

그 점에서 결석은 효과적인 전략이었다. 도서관에서 책장을 넘기다 보면 중학교는 세상의 지극한 일부임을 확인할 수 있기 때문이었다. 교복을 입은 채로는 교실이 온 세상 같고 그 바깥은 교실과 교실을 잇는 건널목처럼 느껴지는데, 실제로는 그 반대다. 학교는 나오면 나와지는 것이며 인연도 끊으면 끊기는 것이다. 중학교 3년이 끝나면 고등학교 3년이 시작되니까, 며칠만 버티면 됐다. 하지만 그런 사실들을 위안 삼는 동안에도 나는 내 존재를 툭 잘라내고 새로 시작하는 것만큼은 불가능하다는 걸 깨닫고 있었다.

맥락은 떠오르지 않지만 남자가 이렇게 말한 적이 있었다. 그때도 어조가 묘했다. 나를 불쌍하게 여기는 것 같기도 했고 자신을 보이지 않는 칼로 찌르는 듯도 했다. 너는 근원과 표현을 뒤섞어 인식함으로써 그 선후와 경중을 구분하지 않으려 하는구나. 제초기를 돌려놓고 일이 끝났다고 믿는 것은 잡초에 뿌리가 있다는 사실을 외면하고 싶기 때문이야. 땅을 갈아엎기란 무척이나 힘들 게 분명하거니와 그것조차 흔적이 남는 일이기 때문에 모르고자 하는 거야.

잡초에는 뿌리가 있다. 잡초는 걸핏하면 다시 자란다. 방학식 일주일 전이었다. 도서관이 내부 공사로 휴관했고, 나는 생각난 김에 사물함에서 물건을 빼기 위해 학교에 갔다. 3학년 반이 있는 층으로 들어서자마자 시선이 한데 쏠렸다. 착각 이었으면 좋았겠지만 그게 기분만은 아니라는 걸 알아서, 이제는 큰 키마저 거추장스러워졌다. 현수영이라는 이름을 모르는 애들까지도, 그 키 큰 여자애, 라고 하면 바로 알아들었다. 키가 조 금만 작았더라면 이렇게나 유명해질 일이 없었 을 것이며 그 남자에 대한 소문이 이렇게나 인 기를 끌지도 않았을 것이다.

"한참 안 오더니 왜 또 와?"

"교과서 버리러 왔나 보지."

"쟤 일하는 거 아니었어?"

"그런 가게, 원래 낮에는 안 열잖아."

복도 사물함 앞에 서서 짐을 챙기고 있으려니 애들 목소리가 들렸다. 일부러, 내 귀에 들어가 도록 근처에서 수다를 떠는 것이다. 그런데 내용이 묘했다. 내가 어딘가에 취직을 했다며 떠들었고, 나는 거기에서 별 재미를 못 보고 있을 게 분명하다고도 했다. 그게 엄마 이야기라는 걸 깨닫는 순간 도끼가 뒤통수를 내려찍는 듯했다. 이제는 남자뿐만이 아니라 엄마까지 망상의 재료가 된 모양이다. 나는 홱 몸을 돌려 소리가 시작된 곳을 바라보았다.

"너 얘기하는 거 아닌데?"

눈이 마주치자마자 여자애 중 하나가 그렇게 말하더니 까르르 웃음을 터뜨렸다. 소리가 유리 구슬을 굴리는 것처럼 맑고 깨끗했다. 예전에, 엄마 남자친구 중 하나가 했던 말이 내 머릿속에서 깜빡거렸다. 그 남자는 내가 무릎까지 오는 롱티셔츠를 입은 걸 보더니 업소에 나가는 애들이 그런 걸 입는다며 낄낄댔다. 그때 엄마가 대꾸하길, 쟤는 성질이 더러워서 그런 거 못해, 라고 했다. 엄마가 그렇게 말하는 것이 차라리 낫다. 숨을 깊이 들이마시니 찬 공기가 폐의 형태를 고루 그리는 듯했는데 머리에는 용암이 울컥울컥 흘렀다. 눈알이 뜨거웠다.

고개를 돌려 복도 전체에 알알이 흩어진 얼굴들을 눈에 담았다. 모른 척 지나가지만 이 대화를 분명히 듣고 있으며 내심 즐기기까지 할 아이들이 거기에 있었다. 나는 떠드는 애들뿐만 아니라 저 애들까지도 모두 내 앞에 불러놓고 따지고 싶어졌다. 내가 논하고 싶은 것은 남의 엄마를 건드리면 안 된다는 상식이 아니다. 내 엄마에게는 이런저런 사정이 있으며 나는 그런 애가 아니라는 항변도 아니다. 전혀 다른 것이다. 만약 내 엄마가 그런 여자고 내가 그런 애라면, 너희는 나를 이렇게 취급해도 되냐는 것이다. 만약 내가 공부할 마음조차 다잡지 못해서 그 길로 흘러갔으면, 나는 이대로 버러지 취급을 받아도 되냐는 것이다. 예쁘지도 선하지도 않은 것이라면 구할 생각조차 하지 않고 그저 짓밟아버려도 되냐는 것이다.

나는 아니라고 외치고 싶었지만 지은 죄가 많았고, 질서를 규율하는 일과 흠결을 관용함으로써 사람을 구하는 일의 기준도 정할 수 없었으며, 그래서 할 말이 없었다. 악함과 약함과 불쌍함은 다른 체계일지라도 뒤섞여 있다. 슬픈 사연만으로 면죄부를 주었다가는 세상이 무너지겠지만 그 사연이 없었더라면 죄도 없었을 것이다. 세상은 정말로 앞뒤가 맞지 않은 방식으로 질서정연하다. 그러니까 내가 지금 하려는 일도 앞뒤가 안 맞는 동시에 당연했다. 나는 이게 윤서래에게 화낼 일이 아님을 알았지만, 이 분노의 진짜 수신인들은 다른 곳에 있음을 알았지만, 지금 눈에 확실히 들어오는 것은 그 애뿐이었다. 그 애를 제외한 나머지는 얼굴도 분간이 안 갔다.

"엄마 얘기한 거, 너지."

나는 가방을 제자리에 내려놓고 윤서래에게 성큼 다가갔다. 무언가를 직감한 듯 윤서래의 웃음에 당황한 기색이 섞였다. 그 애의 얼굴에 온통 내 그림자가 묻어 있었다. 이윽고 겁먹은 목소리가 그늘을 떨치고 나오려 했다.

"뭐, 우리 엄마는 몸 파는 여자 아니거든? 아빠는 엄마 엄청 사랑하거든?"

묻지도 않은 것에 미리 대꾸하는 꼬락서니가

남자를 닮아서 나는 이제 정말로 화가 났다. 내 뱃속에 말할 수 없는 외침이 흘렀다. 너한테도 이유가 있는데, 너한테도 고양이를 죽일 이유가 있는데……. 다른 방법이 있었다거나, 선량함을 택하는 노력이 필요했다거나 하는 정론 따위는 여기서 아무 소용도 없다. 윤서래에게도 케이크 손이 있었다. 윤서래는 절박했다. 고양이로 만든 케이크를 맛있게 먹을 애들도 있었다. 내가 그 고양이였다.

하지만 나를 그런 애 취급할 거라면, 내가 그 런 애가 맞다면, 이 애들은 나를 두려워해야만 했다. 감히 건드렸다가는 옷이 더러워지고 다치 기까지 할 무언가로 대우했어야만 했다. 그래야 앞뒤가 맞는다. 나는 앞뒤가 맞는 결과를 알려 주기로 마음먹으면서 몸을 약간 수그렸다. 그러 고는 손망치로 못을 박는 듯한 동작으로, 아래 팔로 윤서래의 목을 턱 밀어붙여서 벽에 고정시 킨 다음 다른 쪽 주먹으로 가슴팍을 후려쳤다. 딱 한 번이었다. 얼굴은 손대지도 않았다. 나도 여자애 얼굴을 건드리면 안 된다는 것쯤은 안다. 풀려나온 윤서래는 비틀거리다가 복도 바닥에 토했다.

◆◆◆

윤서래는 창백한 얼굴로 숨이 안 쉬어진다고 중얼거리더니 구급차에 실려 갔다. 곧바로 소식이 날아들기를, 갈비뼈에 금이 갔다고 했다. 폐와 다른 장기가 무사하다는 진단을 위안 삼을 일이 아니었다. 난리가 났다. 이제 중학교 3년도 끝나가는데, 고등학교에 들어가면 금방 잊을 텐데 지금 와서 사고를 치느냐는 핀잔도 들었다. 교무실에서 담임에게 한참을 시달린 다음 엄마에게까지 통보가 갔다.

그걸 본 국어 선생이 혀를 쯧쯧 차다가, 내게 곧바로 집에 갈 예정이냐고 물었다. 아뇨. 그러면 6시까지 좀 남아 있어 봐라. 도서관에서 책을 읽는 것도 좋겠지. 퇴근한 국어 선생은 나를 조용한 식당에 데려가서 밥을 먹였고, 나도 처음으로 복잡한 이야기를 털어놓았다.

◆◆◆

다음 날에는 엄마가 학교에 왔다. 초등학교 참 관수업이든 운동회든 단 한 번도 오지 않은 사 람이 이제야 학교를 찾은 것이다. 앞으로 몇 번 은 더 와야 할 것이며 동네 카페에서 윤서래네 부모님을 볼 일도 생길 터였다. 그래도 오늘 당 장 나눌 이야기는 많지 않았고, 나는 면담이 끝 나자마자 조퇴증을 끊었다.

"너, 남자 때문에 그런 거 맞잖아. 요새 뭐 하 고 다니는지 내가 모를 줄 알았니?"

학교 정문을 벗어나자마자 엄마가 처음으로 꺼낸 말이었다. 이제는 복잡한 사정을 읊을 기력 조차 없었다. 나는 퉁명스레 되물었다.

"그랬으면 엄마가 어쩔 건데?"

"뭐 하는 남자인지는 몰라도 내가 너 거기 드 나드는 거 몇 번이나 봤는지 알아? 얼마나 걱정 했는지 아느냐고."

"엄마가 날 걱정했다고?"

"그러면, 중학생이 그러고 다니는데 걱정이 안

돼? 너 성격 아니까 안 건드린 거지."

평소에는 나를 성가신 룸메이트처럼 대하던 인간이, 요즘 들어서는 왜 그러냐고 묻는 일이 부쩍 늘어나긴 했다. 걱정했다는 말은 사실이었을 것이다. 그런데 때늦은 진심은 냉담함보다 불쾌한 면이 있어서, 나는 대뜸 물었다.

"그런데 왜 나 어릴 때 내버려뒀어?"

"얘가 갑자기 뭐라는 거야?"

엄마가 얼굴을 찡그렸다. 그 짧은 질문이 마음 깊숙한 곳을 찔러 들어가서, 수치심과 당혹을 끌어낸 듯했다. 나는 그 반응이 좋았다. 너무 좋아서 미칠 것 같았다. 나는 일부러, 크고 밝은 목소리로 떠들어댔다.

"내가 이렇게 된 게 누구 때문인데? 내가 아파트에서 살았으면 이렇게 됐을 거 같아? 엄마가 나 어릴 때 한글이라도 가르쳐줬으면, 아니면 머리 감는 법이라도 가르쳤으면 이렇게 됐을 거 같아? 신발이랑 욕실 슬리퍼 구분하는 법이라도 알려줬으면 내가 안 이랬을 거 아니야?"

엄마는 입술을 꼭 깨문 채 나를 노려보았다.

그러다가 손을 휙 올려 내 뒤통수를 슬쩍 때렸다.

"그게 도대체 언제 적 이야기니. 얘는 언제 적 이야기를 가지고 와서 지금 따지는 거야. 사고 쳐놓고 할 말 없으니까 그러지. 선생님 말씀 들어보니까 너는 지금까지 일이 안 터진 게 기적이야. 사람 때려서 이렇게 됐으면 부끄러운 줄 알고 조용히 있어. 사람들 다 듣겠다."

"그거 맞고 갈비뼈 나가는 게 이상한 거야. 딱한 대 때렸어."

나는 그냥 떠오르는 대로 말했다. 그 순간 엄마의 표정이 묘해지더니 상상도 못 한 대답이 튀어나왔다.

"어떻게 네 아빠랑 똑같은 소리를 하니. 만난 적도 없는데. 정말 핏줄이다, 핏줄."

"아빠 누군지 알아?"

"알긴 알지."

"그런데 지금까지는 왜 모른다고 했어?"

"미친 인간 알아서 뭐 해?"

"왜 미쳤는데?"

"너처럼 허구한 날 사람 때리고 다녔어. 키 크

고."

나는 아빠의 사정을 몰랐다. 내가 정말로 아빠를 닮았는지도 몰랐다. 저런 말을 하는 게 핏줄인지 우연인지도 몰랐다. 그런 것 따위는 중요하지 않다. 나는 그냥 엄마가 핏줄이라는 단어 하나로 내 삶을 일축한 다음 자신은 쏙 빠져나가려는 데에서 배신감을 느꼈다. 이제는 다른 의미로 미칠 것 같았고, 그만큼 기분이 좋아지기 시작했다. 나는 큰 소리로 웃다가 또 외쳤다.

"와, 그게 아빠 맞는지 어떻게 알아? 한둘이 아니잖아? 정말 한둘이 아니잖아? 엄마도 어릴 때 나 엄청나게 때렸는데 엄마 핏줄일 수도 있잖아? 엄마가 나 안 때리는 거, 이제 내가 엄마보다 키 커서 그렇잖아? 그렇지? 내가 키 작았으면 계속 나 때렸을 거지? 내가 키 작았으면 다른 애 때려서 갈비뼈 나갈 일도 없었을 테니까 진짜 좋았겠지?"

"미친년."

엄마는 반박처럼 내 뺨을 후려갈기더니 갑자기 울기 시작했다. 오른뺨이 얼얼하다 못해 귓구

멍이 찌르듯 아팠다. 어깨가 따끔거리는 걸 보면 목까지 살짝 나간 듯했다. 나는 엉엉 우는 엄마 옆에 서서, 상장이라도 받아 든 것처럼 씩 웃고 있었다. 이렇게 말한 다음 반응을 보고 싶었다. 봐, 엄마도 이렇게 사람을 잘 때리지. 이건 확실히 엄마 핏줄이지. 하지만 막상 입으로 내뱉으려니 심드렁해져서, 나는 조금 더 웃다가 엄마를 그 자리에 내버려두고 한 방향으로 걷기 시작했다.

나는 엄마에게 화난 게 아니라고, 지금 한 말은 신경질이고 투정일 뿐이라고 중얼거렸다. 청구서를 날려봤자 아무 소용이 없으면 신경을 끊게 된다. 엄마에게 기대하는 바가 없으므로 화가 나지도 않았다. 한편 엄마에게도 나 같은 애였던 시절이 있었을 테고, 초등학교 선생님들이 나를 싫어했던 것처럼, 엄마도……. 나는 나 자신을 미워하고 싶지 않았으므로 엄마도 미워하지 않으려 했다. 그건 물론 거짓말이고 오만이었는데, 사실은 정말로 화가 났기 때문이었다.

엄마 같은 사람조차 미운 것을 미워했으며 거

기에서 자신의 몫을 지우려 했다. 나는 속물성의 굴레를 곱씹으면서 어제 국어 선생과 나눈 대화를 복기했다. 모든 사정을 들은 선생은, 위로도 격려도 꾸짖음도 마땅치 않다는 것처럼 긴 한숨을 내쉬다가 맥빠진 중얼거림을 흘렸다. 그래도 애를 그렇게 때리면 안 되지……. 나는 선생이 그런 말밖에 하지 못한 이유를 이해했다. 그게 옳다는 것도 알았다.

그러나 내 진정한 잘못은 안혜리가 아니라 윤서래를 때렸다는 데에 있었다. 더 큰 문제는, 때릴 만한 최선의 상대가 기껏해야 안혜리이며 그것조차 정답이 아니라는 거였다. 사람을 때려서 해결될 일은 아무것도 없다. 이 세계의 우아한 폭력에 비해 물리적인 폭력은 너무 하찮다. 선명한 죄를 품에 안은 채, 나는 이름도 얼굴도 모를 무수한 채무자들을 향해 계속 걸었다.

♦♦♦

이 동네를 벗어날 만큼 오래, 멀리 걸어 다닌

후에 문득 주위를 둘러보니 원룸촌 골목이었다. 나는 어쨌든 오늘도 집에서 잠들 테고 일어나면 내일일 거라고 생각하며 집으로 향했다. 그런데 건물을 헷갈린 모양이다. 도어록이 열리지 않는 걸 확인하고 복도 창문을 보니 풍경이 한 칸 옆으로 이동해 있었다. 내가 사는 건물이 아니라 남자가 사는 건물에 들어온 것이다. 나는 현관으로 나가기 위해 계단을 거꾸로 밟아 내려갔다.

두어 층을 내려가자 다른 복도와 똑같지만 훨씬 익숙한 복도가 보였다. 남자가 사는 층을 눈앞에 두니 갑자기 편지봉투가 어떻게 되었을지 궁금해졌다. 아직도 붙어 있을까, 떼어졌을까. 후자라는 걸 확인하자 그간 눌러놨던 불안이 스멀스멀 기어들었다. 한참이나 그대로였던 게 이제야 사라진 이유가 뭘까. 남자는 강제 입원을 당했을 수도 있고, 월세를 내지 못해 쫓겨났을 수도 있고, 어떤 이유로든 죽었을 수도 있었다. 그리고 아직 여기에 사는 중일 수도 있었다.

시간이 지나면 화가 풀리기 마련이니까, 영영 안 볼 것처럼 헤어졌다가도 다시 만나는 게 인

간관계니까 나쁜 쪽으로만 생각할 필요는 없을
터였다. 나는 괜히 도어록 비밀번호를 눌러봤다.
찰칵 소리를 듣고서야 남자에게 뭐라고 말할지
가 걱정되기 시작했지만, 이미 문이 열렸으므로
그냥 들어갔다. 건물 복도만큼이나 서늘한 온도
가 나를 맞이했다. 거실은 어두침침했고 레몬 향
기도 거의 안 났다. 쥐 오줌 냄새만 강렬했다.

그렇다고 해서 쥐가 늘어난 것은 아니었다. 찍
찍거리는 소리가 고장 난 기계의 잡음처럼 미
약하게, 드문드문 이어졌다. 나는 불 꺼진 놀이
공원에 몰래 숨어든 기분으로 주위를 둘러보았
다. 바닥으로부터 솟아 나온 그림자 같은 게 거
실 테이블 앞 의자에 웅크리듯 앉아 있었다. 바
로 옆에 전등 스위치도 있었다. 나는 슬그머니
다가가 불을 켰다. 남자가 나를 올려다보나 싶더
니 훅 고개를 떨어트렸다. 힘없는 목소리가 흘러
나왔다.

"눈부셔……."

"입원한 줄 알았는데요."

나는 남자의 손을 힐끗 봤다. 장갑이 없었다.

"세 달째 돈이 안 들어와. 남은 돈도 다 썼어."

"그렇구나."

"그냥 저번 달 월세를 내지 말 걸 그랬나봐. 이런 데면 서너 달까지는 밀려도 안 쫓아낼 텐데. 아니면 관리비…… 불 켜놓으면 전기세가……"

"전 다른 애 때렸다가 엄마한테 맞았어요. 애들이 저더러, 몸 팔아서 과외 받는다고 그래서."

같은 저울에 올려놓을 일은 아니었지만 달리 할 말이 없었다. 편지를 읽었냐고 묻지 않은 게 최소한의 양심이었다. 아무도 말하지 않는 동안 우리 사이에 침묵이 넘실넘실 불어났다. 침묵이 입과 코로 쏟아져 들어와 숨을 막는 기분. 이명이 거세지면서 오른쪽 귀가 따끔거렸다. 엄마에게 따귀를 맞은 쪽이었다. 그 느낌을 시작으로 한동안 감각이 뒤섞였다. 찍찍거리는 소리가 귓구멍을 갉는 듯했고 숨의 차가운 느낌과 악취는 하나가 되었다. 그러다가 문득, 남자의 두 눈이 나를 힐끔거리는 걸 깨닫고서야 정신이 희미하게나마 돌아왔다. 깡마른 손가락들이 어떤 가능성을 꿈꾸듯 서로를 껴안고 있었다. 이제는 그

가능성도 딱히 나빠 보이지 않았다. 나는 내 그림자를 밟으며 남자에게로 다가갔다. 남자가 화들짝 놀라 손을 등 뒤로 감췄다.

"이대로 죽긴 아까우시잖아요. 만져볼래요?"

"나가."

이상할 만큼 뚜렷한 목소리가 튀어나왔다. 전등불이 눈부시다고 중얼거리던 사람이라고는 믿을 수 없을 정도였다. 나는 손가락들이 상상속에 뒤엉키던 형태를 떠올리며 깔깔 웃었다.

"그린벨트 쪽에는 CCTV도 얼마 없어요. 한번 해봐요."

"빨리 나가. 너 여기 있으면 안 돼."

"금방 끝날 거예요. 아무도 몰라요."

나는 팔을 뻗으며 성큼 거리를 좁혔고 남자는 앉은 자세 그대로, 반사적으로 몸을 뺐다. 의자가 뒤로 넘어지며 둔탁하고 큰 소리가 났다. 신경이 한순간에 곤두서면서 피가 빠르게 돌았다. 의자와 뒤엉켜 쓰러진 남자의 모습이 쓰레기장의 폐기물 더미 같았다. 나는 힘겹게 몸을 일으키는 남자를 내려다보며 웃었다. 웃는 게 아니라

울고 있을 수도 있었다. 울어본 적이 얼마 없는 탓에 둘 중 무엇인지 분간이 안 갔다. 그러는 동안에도 남자는 무언가를 말하려 했다.

"나가. 나가면, 도어록 비밀번호, 바로, 바꿀 거야."

가쁜 숨에 실려 나오는 낱말들이 연필로 꾹꾹 눌러 쓴 글씨 같았다. 가까스로 몸을 추스른 남자는 의자를 겨우겨우 세워 제자리에 밀어 넣었다. 의자 하나 들기도 힘들어하는 사람이 방향을 맞추려 하는 꼴이 웃겼다. 나는 웃긴 게 웃기다고 말했다.

"꼴에 멀쩡한 어른 흉내야."

그러고서야 남자가 나보다 조금 더 크다는 사실이 떠올랐다. 시선을 마주치려면 고개를 살짝이나마 들어올려야 했다. 그늘지고 마른 얼굴에 깊은 두 눈이 박혀 있었다. 두 눈 속에 단단하게 타오르는 불꽃. 그 불꽃이 문득 흘러내려 한숨으로 변했다. 낯선 열기가 나를 정지시켰다.

"그쯤 하면 됐어. 내 문제는 내가 알아서 해볼게. 휴지는 찬장에 있으니까, 울다가 마음 가라앉으면 그때 가라. 가긴 해야 돼. 다시 오진 말고. 난 너한테 해줄 수 있는 게 없어. 도와줄 게 없어서 미안하다."

그 말을 끝으로 남자는 방을 향해 걸음을 옮겼다. 휘청거리는 그림자가 어둠 속으로 완전히 스며들면서 탁 소리가 났다. 문이 닫혔다. 나는 눈앞에서 일어난 일을 이해할 수도 믿을 수도 없어서 눈을 몇 차례 깜박였고, 그제야 시야가 온통 흐릿해졌음을 깨달았다.

나는 아마도 남자가 손을 올리기를, 다른 뺨까지 후려갈겨 주기를 바랐던 모양이다. 최소한 화라도 내길 바랐다. 세상이 속물적인 법칙과 이미지로만 이루어져 있음을 마지막으로 증명함으로써 내 절망을 끝내려 했다. 물이 아래로 흐른다는 사실에 화낼 수 없듯, 그것이야말로 항거하지 못할 진실이라면 나도 울 필요가 없었다.

그러나 남자의 선택에 거룩함이 있으므로, 나는 말할 수 없는 감정들에 소리 내어 울기 시작했다. 처음이었다.

♦♦♦

무슨 생각으로 집에 왔는지 모르겠다.

집에는 아무도 없었다. 잘된 일이었다. 엄마 카드는 못 찾았지만 리빙박스 밑바닥에서 머리 끈에 묶인 현금을 발견했다. 5만 원권이 열 장이었다. 레토르트 죽이나 생수나 라면 같은 먹을거리를 10만 원어치 사고 나머지 돈도 먹을거리 사이에 끼워 넣은 다음 남자의 집으로 갔는데, 그새 도어록 비밀번호가 바뀌어 있었다. 아무리 초인종을 눌러대도, 몇 번을 두드려도 안 나왔다. 일부러 소리를 빽 지르고 짖기도 했다.

그러던 어느 순간 문 열리는 소리가 났지만 내 앞의 문은 아니었다. 등 뒤, 대각선 방향이었다. 고개를 돌리자 피곤에 찌든 얼굴이 문틈에 끼어 있는 게 보였다. 남자인지 여자인지, 젊은지 나이 들었는지는 분간할 수 없었다. 어쨌거나 시선이 맞닿자마자 냉큼 들어가는 걸 보니 상대가 안 되겠다고 생각한 모양이었다. 그제야 내가 다른 사람들에게 어떻게 보일지가 퍼뜩 떠오르면서 정신이 들었다.

　나는 숨을 고르며 생각을 가다듬었다. 그러고
는 먹을거리와 돈이 든 비닐봉지를 물끄러미 내
려다보면서, 이게 남자에게 닿을 확률이 얼마나
될까 가늠해봤다. 이름이 적히지 않은 물건은 곧
잘 도둑맞는다. 한편 음식을 가져다준다고 해결
될 일이 아니라는 생각도 들었다. 대안이 마땅치
않을 뿐이었다. 구급차를 불러야 하지 않을까,
사촌 형이라는 사람 연락처를 어떻게든 얻어내
서 설득을 해볼까, 하는 말들은 현실적인 이유로
가로막혔다.

　결국 나는 내 최선이 손안에 있음을 인정했고,
비닐봉지를 그 자리에 둔 다음, 원룸을 떠났다.
만약 남자가 아니라 누군가 다른 사람이 비닐봉
지를 가져가더라도 너무 미워하지 않기로 마음
먹으면서. 그게 그 사람에게 기꺼운 일이라면,
그 기꺼움으로 충분하다고 믿으면서. 어쩌면 저
철문들 너머에는 또 다른 케이크 손이 있을지도
모른다고 생각하면서.

남은 현금을 모두 비닐봉지에 담았다고 생각했는데 나오면서 주머니에 손을 넣으니 5만 원권 한 장이 잡혔다. 물건을 계산하기 전에, 바지춤에서 쓸리다가 머리끈 바깥으로 떨어져 나온 모양이었다. 돌아가서 이것까지 마저 넣을까 생각하다가 그냥 써버리기로 했다. 아무 카페에나 들어가서 케이크 세트를 시켰다. 만 2천 원이었다. 포크로 케이크 끄트머리를 잘라 입에 넣었다. 맛을 느낄 겨를도 없이 눈물이 쏟아졌고 귀가 욱신거리기 시작했다.

그런 와중에도 잘 꾸며진 카페의 분위기나, 따뜻한 공기나, 크림의 달콤함 따위가 고통을 뚫고 내게 닿았다. 바깥의 추위를 잊은 채 웃고 떠드는 사람들과 나. 잠깐은 그 편안함이 밉더니 내가 보고 겪은 것을 모두에게 알려야 한다는 생각이 죄책감처럼, 혹은 사명처럼 밀려왔다. 나는 그 어둡고 냄새나고 추운 곳의 경건을 말하고 싶었다. 그 순간의 숭고함이 악으로부터 시작되어 비참으로 종결되었다는 사실, 내 목숨을 살릴지라도 나를 구원하진 못하며 남자의 삶을 구원하지도 못했다는 사실에 대해 말하고 싶었다.

만약 남자가 나를 보며 손가락을 꿈지럭거리지 않았더라면 그 움직임을 뒤엎는 선택도 없었을 것이다. 남자의 사정이 사촌 형만큼이나 좋았더라면 그때의 선택은 당연한 것으로 남았을 것이다. 한편 내 사정이 지금보다 좋았더라면 비아냥거리는 대신 따뜻한 말을 건넬 수 있었을 것이다. 남자가 나를 관용할 필요조차 없었을 것이다. 마지막으로, 우리 둘의 사정이 모두 좋았더라면 문을 닫고 들어가는 것보다 나은 방법이 있었을 것이다. 최소한 이것보단 나은 결말이 나왔을 것이다.

따라서 남자의 용서와 포기는 초월이라고 할 만했다. 이유 없고 득이 없으며 수단조차 없는 곳으로부터의 초월이었다. 그런데, 그런데……사람을 죽이려다가 그만두는 마음의 무게를 사람들에게 납득시킬 방법이 떠오르지 않아서, 심지어 그 마음 덕분에 무언가 달라진 것도 아니라서, 나는 아득한 무력감을 느꼈다. 그리고 절반 남은 케이크를 그 자리에 내버려두고 일어났다. 무엇을 해야 할지는 몰랐다. 내 주머니에는 이제 3만 8천 원이 있었고, 윤서래의 갈비뼈에 대해서는 변명할 구석이 없었으며, 엄마를 다시 보는 일은 피하고 싶었다. 언젠가는 다시 봐야겠지만 지금은 아니었다.

그래서 나는 휴대폰을 끄고 걸었다. 리모델링을 마친 도서관에서 책을 읽었다. 밤이 되면 편의점에서 컵라면을 하나 산 다음 세 시간씩 죽치고 있었다. 아무 PC방에나 들어가서 구석진 자리에 컴퓨터도 켜지 않고 앉아 있기도 했다. 아르바이트생에게 들키면 바로 쫓겨났지만 운이 좋으면 아침까지 잘 수도 있었다. 낮에는 도서관에서 마저 잤다. 아마도 더 많은 일이 있었겠지만, 더 많은 생각을 했겠지만 느끼지 못했으므로 요약이 이렇게밖에 안 됐다.

사실 내가 몽롱한 상태였던 건 귀 탓도 컸다. 그날 저녁부터 왼쪽 귀의 이명이 심해지다 못해 공기 덩어리가 그 안에서 자라나는 느낌이 들기 시작했다. 바깥의 소리가 그 덩어리에 막혀 더 들어가지 못하고 귓바퀴에서만 맴돌았다. 간질 거렸다. 귀 안을 긁었더니 피가 났다. 딱지를 몇 번 떼어내고부터는 고름이 철벅거렸다. 먹먹한 느낌과 이명이 여전한데도 그 소리만큼은 두개 골에 곧바로 전해졌다. 서로 다른 세상이 내 귀 에 겹친 듯했고, 정신과 몸이 서서히 떨어져 나 오는 듯도 했다.

잠이 깨고 꿈이 서서히 흩어지면서 구체적인 현실이 나타날 때마다, 나는 손바닥으로 귓전을 마구 문대는 내 몸을 발견했다. 피부병 걸린 개 가 가로수에 등을 문지르듯 내 몸도 그랬다. 보 통은 이 감각이 간지러움이라는 자각조차 뚜렷 하지 않은 상태로 10분에서 15분쯤을 그러고 있 다가 문득 정신을 차리게 됐다. 추위나 목마름 따위는 그다음에야 왔다.

이 상태로도 이비인후과에 들르지 않은 건 이 상한 자학이었을 것이다. 돈 때문일 공산도 컸 다. 만 원권 세 장과 천 원권 여덟 장이 모두 사 라지면 집에 가야 한다는 원칙만큼은 확고했던 것이다. 그런데 사실은 집에 들어가지 않는 것부터가 자학이었으므로, 두 가능성은 같은 것일 수 있었다. 하여간 밤과 낮이 몇 번 지나갔는지도 모를 시간이 흘렀다. 마지막으로 남은 4천 원을 쥐고 첫날에 케이크를 먹었던 카페로 돌아와서 아메리카노를 시켰다. 이 돈으로 삼각김밥을 사 먹는다면 하루를 더 버틸 수 있겠지만 그 하루 이틀 차이는 아무 의미도 없다는 게 내 생각이었다. 커피를 모두 마시면 돌아가기로 마음먹고 창가 자리에 앉았다.

마시는 속도가 느렸다. 입술만 적신 다음 찻잔을 내려놓고 창밖을 멍하니 바라보는 시간이 계속됐다. 그렇게 끝을 미루면서도 정작 얻은 게 없었다. 차라리 남자에 대해서라도 생각하려 했지만 잘 되지 않았다. 다만 그 순간의 강렬함만이, 이제는 설명할 낱말이 희미하고 감각의 종류조차 가물거리는 무언가가 뱃속에서 울렁거릴 뿐이었다. 울렁거렸다. 먹은 게 없으니 토하진 않으리라는 사실이 위안 같았다. 나는 절반쯤 남은 커피를 향해 한참이나 눈을 깜박이고 있었다.

그러다가 문득 고개를 드니 낯익은 얼굴들이 유리창 너머에서 나를 응시하는 게 보였다. 둘이었다. 둘이 내 곁으로 왔다.

"왜 요새 학교 안 와? 서래 부모님도 왔다 가셨는데, 수영이 얼굴 꼭 보고 싶다고 그러시더라."

하필이면 목소리가 왼쪽 귀에 와닿았다. 울림이 이명과 합쳐지며 귀가 갑자기 가득 찼다. 소리로 된 빛줄기가 고막을 관통하는 것만 같았다. 손바닥으로 귓전을 다시 문지르자 번쩍임 같은 게 정신을 쪼개듯 다가왔는데, 순간이었다. 그 찰나가 지나간 뒤 남은 말은 딱 하나였다.

"피곤해……."

"제대로 못 잤지?"

"아마."

"그러면 혜리네 집 가서 쉴래? 윤서래도 소문 낸 거 미안하대. 너네 엄마한테도 사과했고. 수영이 어디 갔냐고 물어봤는데 통화도 안 된다고 하셔서, 우리끼리 찾아다니던 중이야. 겨울인데 밖에서 잘 곳도 없잖아."

말뜻이 곧바로 이해되지 않고 머릿속에서 뒤

엉켰다. 나는 눈앞에 선 얼굴들을 바라보았다. 윤서래도 안혜리도 아니지만 어쨌든 시끄러운 애가 하나였고, 그 옆에서는 김은아가 묘한 얼굴로 서 있었다. 눈이 마주치자 김은아의 고개가 아주 미미하게, 하지만 확연히 알아볼 수 있을 만큼 뚜렷하게 좌우로 돌았다. 길고양이들이 말 한마디 하지 못할지라도 인기척은 잽싸게 알아채는 것처럼, 나는 이게 무슨 일인지 금방 알아차렸다. 단어가 없이도 바로 알았다.

엄마가 나를 찾으려 했을 수도 있고, 윤서래가 엄마에게 사과했을 수도 있고, 내 행방을 물었을 수도 있고, 애들끼리 나를 찾아다녔을 수도 있지만, 지금 이 애들을 따라가서 좋은 일은 없을 거였다. 좋은 일이란 게 도대체 뭘까. 고개를 내저은 다음 홀로 집에 돌아가는 걸까. 엄마랑은 대충 화해하고, 윤서래의 갈비뼈에 대한 값은 병원비로 치르고, 그 밖의 문제들은 지나간 일인 셈 치면 그만인 걸까. 그게 제일 합리적인 선택이긴 했다. 몇 달만 지나면 나는 고등학생이 될 테니까. 똑같은 방식으로 어른도 될 테니까. 어른들은 대체로 그렇게 사는 것 같으니까.

하지만 월세가 사람을 죽이는 세계와는 별개로, 아이들에게는 아이들의 세계가 있었다. 더 큰 세계의 엄정함과 잔인성에 비하면 아주 하찮고 사소할지라도 그랬다. 그렇다면 그곳의 회계 장부도 따로 있기 마련이었다. 거기에서 내가 헛소문에 시달린 세 달과 윤서래의 갈비뼈 중 무엇의 값이 더 높게 매겨졌을지는 알 수 없었다. 저쪽에서도 그런 걸 저울에 재서 계산할 생각은 없을 것이다. 단지 헛소문은 학교 전체에 넓게 퍼졌고 보이지도 않지만 금이 간 갈비뼈는 딱 하나이며 눈에 보이므로 더 큰 세계의 장부에 포착되었을 뿐이다.

그러니까 아이들의 세계만을 논하자면, 내가 윤서래의 갈비뼈를 부러뜨린 건 계산할 필요가 없는 세목이었다. 박경수 같은 애들에게 얻어맞는 건 합당한 정산이겠지만 윤서래는 아니었다. 하지만 나는 왜인지 갚을 필요 없는 빚을 갚아보고 싶어졌다. 그리고 잘은 모르겠지만, 진실로 정리할 빚도 있는 것 같았다.

◆◆◆

　내가 일어서는 것을 보고 김은아가 다시 한번
고개를 내저었지만 나는 그냥 따라 걸었다. 주위
풍경이 번화가에서 아파트 단지로 변할 동안에
는 생각하지도 판단하지도 않았다. 만약 그런다
면 곧장 돌아서서 원룸촌으로 돌아갈 게 분명하
므로 그랬다. 안혜리의 집에 들어서자마자 떠들
썩한 비명이 나를 휩쓸었다.

　"와, 수영이 머리 엄청 떡졌다. 머리 감은 지
얼마나 됐어?"

　"자기 전에 머리부터 감아야겠다. 그렇지?"

　"그래야 서래도 보러 가지. 서래 겨울방학 내
내 누워 있어야 한대. 불쌍하게."

　"맞아. 서래 얼마나 작고 귀여운데. 그런 애를
어떻게 때려."

　분간할 수 없는 얼굴들에 휩싸인 채, 내 몸이
냄새를 찾는 사냥개처럼 이곳저곳을 두리번거
렸다. 복숭아 향기가 저 멀리에 있었다. 부드럽
고 작은 손들이 구름처럼 모여들더니 나를 그

향기로 데려갔다. 물이 쏴아아 쏟아져 흐르는 소리가 났다. 손들이 내 머리가 세면대에 담길 수 있도록 자세를 고쳐주었다. 물소리가 옆으로 움직이며 가까워졌다.

목덜미 곁에 밀어 넣어진 샤워기 헤드가 작동하면서 천천히 수위를 높여갔다. 가느다랗고 미약한 물줄기가 귀 근처를 두드리는데 왜인지 그것만으로도 귓구멍 너머 어둡고 깊은 공간이 넓게 열리고 트이는 느낌이 들었다. 물이 콧등에 닿는 순간 손이 나를 찍어 눌렀다. 잘못 들이켠 숨이 고통으로 변했다. 손들이 나를 물에서 빼내고, 다시 넣고, 빼내고, 넣었다. 그럴 때마다 귀의 텅 빈 공간이 깜빡, 깜빡, 깜빡 했고 머릿속도 그랬다.

감각과 생각이 한순간에 트였다가 닫혔다. 그게 계속 반복됐다. 단속적으로 풍성해지는 이미지들. 그 이미지란 향긋한 복숭아 향 샴푸와 덜 뜬 눈을 스치는 빛줄기와 이마를 아프도록 두드리는 도자기 세면대와, 웃음소리, 웃음소리, 한순간 들이켠 진짜 숨에 해방감을 느끼는 나, 입을 가득 메웠다가 역겨운 맛으로 변하는 복숭아 향기, 위액이 울렁거리며 올라와 물에 섞이지만 향기는 여전하고, 이런저런 말이 계속 들리고, 그 목소리들이 햇볕 아래의 유릿가루처럼 눈부시고 아프게 귀에 흐르고, 고통, 크림으로 장난을 치듯 내 머리카락을 넘겨 빗는 미끄러운 손들, 피의 냄새. 그 냄새는 미미하게 시작되었다가 점차 강렬해지고 날카로워졌다. 웃음소리가 금방 호들갑으로 변했다.

"피 난다."

"그냥 코피 아니야?"

"이러다가 안 일어나면 망한 건데."

그러고는 여전히 평안한 목소리가 나타났다. 안혜리였다.

"현수영 아직 멀쩡하니까, 나가 있어."

그제야 나는 내 등줄기를 감싼 팔이 안혜리의 것이었음을 깨달았다. 그 애는 내 심장이 언제 어떻게 뛰는지 모두 알았다. 아이들이 하나둘 나가는 소리가 났고 문이 닫혔다. 세면대를 가득 채운 물이 굉음을 내며 빠져나갔다. 안혜리는 다시 샤워기를 작동시키더니 나를 천천히 씻겨주었다. 피와 물과 향기가 뒤섞여 뺨을 감싸고 한데 흘렀다. 그리고 세면대 밑 보이지 않는 곳으로 사라져갔다. 피가 멀어질수록 우리가 출발한 곳이 천천히 가까워지는 느낌이 들었다. 나는 시간의 층을 파고들어 저 아래로 향했다.

어느 순간 물줄기가 멈췄고 내 피도 멈췄다. 안혜리는 나를 욕조 가장자리에 앉히고는 수건을 꺼냈다. 헤어드라이어의 더운 바람이 젖은 머리카락을 말리고 수건 너머의 손이 나를 쓰다듬는 동안 나는 여덟 살의 어느 날을 다시금 통과하고 있었다. 나를 여기로 데려온 손길. 지금껏 열렬히 사랑했으며 사실은 지금도 마음에 남은 채무, 이제는 정산을 마쳐야 하는 채무가 거기에 모두 담겼다. 이윽고 안혜리의 입술이 달싹이면서 반갑고 사소한 이름을 속삭였다.

"현수야."

"으응."

그제야 나도 처음으로 말했다. 목소리가 입밖으로 나오자 귀에서도 삐 소리가 났다.

"뭐가 그렇게 귀찮았던 거야?"

안혜리는 거실 소파에 마지막으로 함께 앉은 날을 말하고 있었다. 그때 안혜리는 나와 윤서래를 저울에 올려놓은 다음 내게 선택권을 턱 넘겨주었다. 아마도 안혜리는 나를 바랐을 것인데, 나는 나를 선택하지 않음으로써 그 소망을 배신했다. 결국 이건 윤서래의 갈비뼈에 대한 것이 아니라 그 배신의 값이었고, 내가 안혜리에게 치러야 할 대가였다. 이제 서로의 항이 0으로 돌아왔으므로 계약을 갱신할 시간이었다. 질문이 이어졌다.

"내가 너한테 못 해준 거 있어?"

"혜리야, 너는 나한테 잘해준 첫 번째 사람이었어. 나는 너한테 항상 고마웠어."

"그런데 뭐가 문제였어?"

"나는 너도 알 거라고 생각해."

내가 말하는 건 윤리 따위가 아니었다. 그런 이유로 안혜리를 떠날 것이라면 진작 떠났어야 했다. 그 순간이 아니라 다른 계기였어야만 했다. 내가 지겹게 느낀 것은 이미지를 미끼로 부당한 계약을 맺는 절차였고, 계약이 부당함을 잊기 위해 이미지를 불러내는 노력이었다. 결국엔 그 이미지조차 회계장부의 오른쪽과 왼쪽에 얽매여 있다는 사실이었다. 그 셋이 하나였다. 나는 이제 그 바깥을 알게 되었으므로 안혜리에게도 전하고 싶었지만, 설명할 낱말이 여전히 없었다.

대신 나는 안혜리의 이마에 천천히 입 맞췄다. 말할 수 없는 무언가가 그 애에게도 흘러들기를 기원하면서.

◆◆◆

나는 안혜리를 떠났고 안혜리도 나를 보내주었다. 욕실 문을 열고 나오자 여전히 얼굴을 분간할 수 없는 아이들 너머에 김은아가 보였다. 나와 눈이 마주치자 또다시 고개를 수그렸다. 나는 안혜리에게 했던 것처럼 그 애를 껴안고 싶었다. 하지만 그랬다가는 여기 있는 모든 아이에게 그러고자 하는 마음을 억누를 수 없을 테고, 그 애들과 나의 관계는 안혜리와의 기억에 비하

면 미미했다. 그리고 나는 누군가를 먼저 가르칠
주제는 안 됐다.

◆◆◆

나는 일곱 살에 안혜리를 처음 만났다. 안혜
리는 내가 길고양이 같다고 말하면서도 대우는
커다란 개처럼 했다. 그 둘을 오가는 동안 내 이
름은 현수거나, 현수영이거나, 수영이었다. 이제
나는 나였고, 정말로 끝이었다.

하지만 나 홀로 끝내지 못할 것들은 수두룩하
니 남아 있었다. 집에 돌아가서 엄마와 푸닥거리
를 벌이고 한숨 잔다거나, 이비인후과에 가서 귀
를 확인한다거나, 담임 선생을 본다거나, 윤서래
의 부모님을 만난다거나, 그 밖에 내가 잘못한
애들을 떠올린다거나, 국어 선생에게 소식을 전
한다거나 하는 것들. 또 언젠가 남자를 다시 만
날 때, 저번보다는 잘 행동할 수 있도록 준비하
는 일들. 그런데 흐르는 시간을 붙잡아 새로운
출발점을 표시하는 것은 기력이 필요한 작업이

라서, 나는 한동안 걷기만 했다. 앞으로, 앞으로, 앞으로. 그러다가 발 앞이 턱 가로막혀 걸음을 멈췄다. 남자와 함께 올라왔던 옥상이었다. 동네 전체가 훤히 내려다보였다. 난간에 팔을 얹고 한동안 그대로 멈춰 있었다. 한쪽 끝은 남색으로, 다른 쪽 끝은 적색으로 칠한 환등이 천천히 돌아가듯 하늘의 색이 변했다. 해가 구름을 뚫고 하강하는 찰나 분홍색과 황금색과 회색과 청람색과 세상의 모든 색이 한데 모여 번뜩였다. 번뜩임이 있었고, 사라졌다.

과학자들이 거기에 멋진 이름을 붙여 두었을지도 모르겠지만 내가 아는 것은 무지개라는 식상한 단어뿐이고, 그건 무지개와 비슷하게 보일 뿐이지 완전히 다른 거였다. 한편 색상 전체를 동시에 기억하려는 노력은 더 많은 이미지를 끌어들이면서 실패하곤 했다. 보자기도 손도 삽도 쓰지 않고 모래를 모래사장으로부터 덜어내려는 듯했다. 그 모래사장을 헤매다 보니 문득 설명을 잃고 감각으로 되돌아간 것들이 다시 언어를 입었다. 안혜리를 처음 만났던 밤에 흙냄새는 축축했고 피 냄새는 날카로웠는데 곰곰이 생각해보면 고양이를 묻으러 가는 길에 자귀나무인지 자카란다인지 아카시아인지 하여간 가로수꽃이 흐드러지게 피어 있었던 것 같다. 자동차가 몇 대 지나갔고 자전거를 타고 가는 사람도 하나 있었다. 아스팔트에 묻은 기름 자국에 무지개가 흘렀고 잎사귀 그늘 사이로 올려다보는 밤하늘은 남색 조명을 닮았었다. 그렇게 지금껏 흐릿하게만 남겨두었던 것들을 골똘히 생각하는 동안 안혜리의 하얀 원피스가 차츰 빛을 잃었다. 원래는 달이 한 조각 내려앉은 듯한 느낌에 숨을 멈추게 됐는데, 이제는 그게 노란색이거나 하늘색이거나 빨간색이거나 아무 상관도 없을 듯했다. 하지만 예전이었더라면 어떤 색이든지 설명을 붙였으리라는 것도 알았다. 그날 밤에 운명이 담겼다고 믿으려면 그래야만 했다.

포착하기란 하나의 상像을 확정하며 시야 바깥을 잊는 일이고, 말하기란 보이는 것에 언어를 덧씌우고 나머지를 거스러미처럼 내버리는 일이다. 그럼으로써 이 삶이 어디에서 출발했고 어디로 가는 중인지를, 무엇을 갚고 무엇을 청구할지를 정하는 일이다. 그런데 인간은 여러 곳을 동시에 볼 수 없고 생각이 뻗는 범위에도 한계가 있으니까, 보통은 순간적인 이미지에 눈이 멀거나 이미 지어진 말을 빌려 쓰게 된다. 프랜차이즈의 햄버거 세트처럼 건강이나 맛이나 영양소가 조금씩 부족하지만 언제든 시켜 먹을 만큼 간편한 말들. 낯선 가게에 들르는 도박이나 스스로 요리하는 곤란을 피하도록 도와주는 도구들. 그러니까 괴물을 죽이는 것은 도덕적인 일이라고들 하지만 어떤 괴물에게는 이런저런 사정이 있고, 마음 편히 연민하고 싶은 것들은 그러기 어려울 만큼 더럽거나 이상하거나 사납고, 반대로 악취와 더러움 속에 숭고함이 숨어 있기도 하고, 그래서 마음 가는 것이 마냥 좋다고 말하기도 어렵고 싫은 것이 마냥 나쁘다고 말하기도 어려운데, 평범한 사람들이 그 애매한 역설을 계산에 넣는 대신 상식을 고수하는 건 정말로 편함의 문제인 듯하다. 상식이 끝나는 자리에서 세상도 끝난다고 믿어버린다면 더 멀리 나아갈 필요 또한 없는 법이다.

한편 종류가 다른 편함도 있었다. 최종적으로 생각을 멈출 기회는 누구에게나 공평하기 때문이다. 반드시 그럴 이유는 부족하지만 그러지 않을 이유도 부족한 참이었다. 계속 살아가기를 택한다면 윤서래 사건은 물론이고 스스로의 미래까지도 감당해야 할 텐데, 그러기에는 많이 지쳐 있었다. 나는 괜히 실외기를 밟고 올라섰다. 내 허리가 난간보다 높은 곳에 있었다. 그것만으로도 저 밑의 도로가 훨씬 까마득하게 느껴졌다. 빛의 박편들이 심해를 행진하는 아귀 떼처럼 와글거렸다. 전조등을 부라리며 8차선로를 따라 흐르는 자동차들, 네모난 빛으로만 존재하는 간판과 창문들, 거기에 하나씩 있을 사람의 얼굴들, 어디에서 만나든 이상하지 않을 얼굴들…….

그러다가 나는 무언가에 끌려 올라가듯 고개를 들었다. 남자의 얼굴, 누구에게도 익숙하지 않은 얼굴, 고민할 바에는 외면하고 마는 얼굴들이 저무는 태양 속에 수천 개 모여 있었다. 순간 다리에 힘이 풀리며 몸이 꺾였다. 전조등의 둥

근 빛이 훅 가까워지나 싶더니 이마 바로 위에 해가 있었고 그 안에 내 얼굴도 보였다. 나는 침침한 햇살에 짓눌린 채 오래도록 스스로를 마주 보았다. 앞이 아니라 뒤로 쓰러졌음을 깨달은 건 시간이 한참이나 흐른 뒤였다. 몸을 훅 일으키자 상처 난 귀로 공기가 흘러들면서 비명과 같은 울림을 발했다. 아팠다. 앞으로도 당분간 아플 것이다. 나는 어떤 식으로든 편해지지 못할 모양이었다.

하지만 왜인지 그 곤란과 아픔에는 충만한 느낌이 깃들어 있어서, 언젠가 남자를 다시 만날 때 피하지 않으려면 이 정도가 딱 알맞아서, 그리고 남자에게서 본 것을 남과 나누기 위해서는 계속 살아가야만 해서, 나는 여기서부터 다시 시작하기로 마음먹었다. 그러고는 옥상에서 내려와 집으로 가는 길을 밟기 시작했다.

발문

피와 살로 만든 케이크, 그 위에 선 파티셰

조예은

    단요 작가를 처음 만난 건 2022년 출간된 『다이브』를 통해서다. 이 작품은 물에 잠긴 근미래 한국을 배경으로 진행되는 청소년 성장소설인데, 간지러울 만큼 섬세한 심리묘사와 과거를 딛고 나아가는 주인공들의 여정이 깊은 울림을 남겼다. 물 흐르듯 부드럽게 진행되는 전개와 세련된 연출력 때문에 『다이브』가 그의 첫 단행본이라는 사실을 믿지 못했다. 모종의 이유로 가명을 만들어 활동하는 기성작가일지도 모르겠다고 생각했다. 좋은 글을 읽었을 때 그 글을 쓴 사람이 궁금해지는 건 나로서도 어쩔 수가 없다. 의

미심장한 두 글자의 필명과 담백한 프로필은 그런 추측에 근거를 더했고, 나는 한동안 검색에 검색을 거듭했지만 요령이 부족한 탓인지 아무 정보도 얻지 못했다. 이후 각종 공모전의 수상자 명단에서 그의 이름을 발견하고는 혼자 감탄했을 뿐이다.

그로부터 1년이 채 지나지 않아 두 번째 소설 『인버스』를 접했다. 이 작품은 스물셋의 주인공이 욕망을 좇아 해외 선물시장에 발을 들인 후 벌어지는 이야기다. 치열함이 느껴지는 심리묘사와 피 한 방울 튀지 않지만 더없이 서늘한 분위기가 일품인 멋진 작품으로, 책 제목이기도 한 주식 용어 '인버스'는 주가가 떨어질 경우 오히려 수익을 얻는 펀드의 한 종류이다. 주인공은 모니터 안의 급등과 급락을 오가는 수치가 무엇을 의미하는지 정확히 인지하며 맹렬히 달려나간다.

이 작품을 접했을 때 나는 이전과 다른 종류의 신선한 충격을 받았다. 보통 같은 작가가 쓴 글 안에서 고유의 분위기는 이어지기 마련이다.

하지만 먼저 알고 읽지 않았다면 나는 두 작품이 같은 작가에게서 나왔다고 전혀 생각지 못했을 것이다. 그만큼 두 작품의 톤은 확연히 다르다. 『다이브』가 손바닥 안에 앙증맞게 들어오는 푸른색 유리구슬이라면 『인버스』는 시뻘건 피가 뚝뚝 떨어지는 날카로운 파편 같은 소설이다.

극과 극에 있는 두 작품을 연달아 읽고서 떠올린 건, 어쩌면 이 파격적인 변화마저 작가가 짠 고도의 포트폴리오 차별화 전략 아닐까 하는 허무맹랑한 상상과 순전히 감에 근거한, 작가가 오랫동안 하고 싶었던 이야기는 둘 중 후자에 가까운 것 같다는 어렴풋한 짐작이었다. 소설 안에서 주인공의 차트 롤러코스터는 끝을 맞이했지만 작가는 이 주제에 아직 할 말이 남아 보였다. 물론 나는 단요 작가를 한 번도 직접 만난 적이 없으므로 아닐 수도 있다. 이 글의 모든 내용은 단요라는 미지의 작가를 향한 내 망상문이자 애정을 고백하는 글에 불과하다는 걸 알아주길 바란다.

"나의 행복이 누군가의 불행이 된다면 내 행복은 나쁜 걸까?"

『인버스』의 한 문장이다. 작가는 행복과 불행을 따로 보지 않는다. 누군가 행복하면 누군가는 불행하다. 나의 행복은 낯선 이들이 불행에 매긴 값이다. 그것은 사실 우리 모두가 인지하고 있지만 애써 모른 척, 흐린 눈 하는 세계의 '섭리와 운명'이다('섭리와 운명'은 소설 안에서 주인공의 투자 블로그를 맹신하는 한 팔로워의 아이디이기도 하다). 세계는 그런 식으로 이어져 있다. 매끄러운 피부 아래 숨은 혈관처럼, 돈과 행복의 가능성이 비례한 오늘날 저쪽의 불행 혹은 죽음은 숫자로 환산되어 나에게로 도달한다. 하나 재화라는 속물적인 가치로 환산되었을지언정, 이 흐름 자체는 세상이 존재한 이래로 바뀐 적이 없다. 모두가 행복한 세상이란 가상의 종교적 낙원을 제외하곤 불가능하며, 인간은 모여 있는 이상 어떤 식으로든 영향을 주고받을 수밖에 없는 존재이니까.

이 유기적인 세상의 비극을 작가는 『케이크

손』에서 보다 노골적으로 그려낸다. 또래집단
이라는 작은 사회 안에서 주인공은 피해자이지
만 동시에 가해자다. '나'는 '나'를 조종하는 '안
혜리'의 뜻에 따라 같은 반 학생들을 '개'라고 부
르며 투견처럼 싸움 붙이고, 그를 방관하고, 대신
폭행하기도 한다. '개'에게 폭력을 행하는 순간
'나'는 안전하다. 그 모든 행위에 '개'를 향한 '나'
의 별다른 악의는 없다. 주인인 안혜리에게 복종
했을 뿐이다. 악의 없이도 폭력은 이루어진다. 상
황과 분위기가, 안혜리가, 그렇게 만들었기 때문
이다. 그렇다면 안혜리는 그것이 어떻게 가능한
가? 기이하게도 안혜리가 베푸는 애정이 그것을
가능하게 한다. 안혜리가 가지는 힘의 우위는 단
순한 물리적 폭력이 아닌, 그가 품은 막대한 애
정과 아름다운 눈동자로부터 온다. 주인공의 세
계에는 외부의 시선으로는 쉽게 이해할 수 없는
힘의 논리가 있다. 미성숙하고 외로운 아이들은
이 비좁고 기묘한 세계에 쉽게 동화된다. 본문
에는 이런 문장이 있다. '저 좁은 방에서조차 어
쩔 수 없이 주인을 사랑해야 하는 개들이 서로

의 존재를 확인할 것이다.' (66쪽) 그들의 관계를 단순한 피해-가해로 구분할 수 없는 이유다.

그런가 하면, 교문 앞에서 케이크를 파는 남자가 나온다. 그 남자는 한때 '외부'의 기준으로 정상의 범위에 속해 있었다. 하지만 어느 날 맨손으로 만지는 모든 생물이 케이크로 변하는 저주에 걸린다. 그의 인생은 빠르게 추락한다. '정상'의 범위에서 벗어나는 게 바로 추락이다. 그는 직장도 구할 수 없고, 아무도 만질 수 없고, 고립되어 혼자 살아간다. 간간이 살아 있는 쥐와 길고양이를 케이크로 만들면서. 케이크가 아무리 달콤하다 한들 결국 살아 있던 게 무생물이 되는 것이다. 죽음이다.

"누군가의 고통과 무언가의 죽음이, 눈물이나 비명 따위로 이루어진 것이 이토록 달콤하다는 사실이 이상하게 느껴졌지만 조금 더 고민해보니 놀랄 일은 아닌 것 같았다. 수많은 사람들이 타인의 불행을 아닌 척 즐기면서 산다." (85쪽)

더 큰 문제는 주기적으로 케이크를 만들지 않으면 남자는 신체적인 고통에 휩싸인다는 점이다. 작가는 어떤 죽음이 곧 나의 생존과 연결된다는 점을 직접적으로 끌어온다. 주인공은 남자의 곁에 머물며 '앞뒤가 맞지 않는 방식으로 질서정연(161쪽)'한 세상의 흐름에 대해 대화를 나누고, 그의 고통과 선택을 지켜본다. 그리고 후반부에는 달궈진 손 때문에 신음하는 남자의 앞에 스스로를 내민다. 이 장면에서 '나'는 꼭 안혜리 같다. 남자에게 그간의 자신과 같은 선택을 종용한다는 점이 그렇다.

　하지만 남자는 끝내 '나'를 케이크로 만들지 않는다. 이후에 그가 어떻게 되었을지는 알 수 없지만, 적어도 그 장면에서만은 본능과 운명, '나'가 믿는 세계의 흐름을 넘어서는 선택을 한다. '나'에게 그런 남자는 숭고하게까지 느껴진다. 숭고한 눈을 가진 안혜리가 아니라, 남자가 새로운 신으로 자리 잡는 순간이다. 남자가 사라진 후 '나'는 조금씩 바뀐다. 안혜리로부터 벗어나 모두를 포용하고, 받아들이고, 미래를 생각한다. 세상의 바깥에서 세상의 일부가 되기를 선택한 것이다. 이 선택을 가지고 옳다 그르다로 판정 지을 수는 없다. 그럴 필요도 없다. 이 선택은 앞으로 나아가는 움직임이기도 하지만 어느 정도의 체념을 감내하는 과정이기도 하다. 이야기의 초반에 보면 이런 독백이 나온다.

"나한테는 그런 선택이 아주 많다. 국어 선생이 나를 교무실로 불러서 진로 상담을 해줄 때마다 관심 없는 척 구는 것도 똑같은 이유다. 그 선생의 말대로 정신을 차리면 아마도 지금 어울리는 애들을 한심하게 여길 텐데, 숨 쉬고 느끼던 모든 것을 부끄럽거나 떨쳐내야만 하는 허물로 생각하게 될 텐데, 엄마를 원망할 것이며 안혜리의 빛마저도 이내 사라질 텐데, 나는 그러기 싫다. 나는 내게 고맙고 따뜻하고 찬란한 것들을 사랑하고 싶다. 비록 그 따뜻함이 후회나 질병이나 죄 같은 것일지라도 말이다." (65쪽)

이에 따르면, 주인공은 자신의 현재를, 두 발로 직접 거쳐 온 과거와 제가 행한 과오를 회피하는 인물이 아니다. 어서 빨리 벗어나야 할 대상으로 치부하지 않는다. 그에게는 사랑이 있고, 사랑이 스미는 마음의 자리가 있다. 그러므로 안혜리를 벗어나는 후반부의 선택은 지금껏 그가 가진 사랑을 내려놓고, 돌아서는 배신의 행위인 것이다. 주인공의 세계는 그렇게 한 번 뒤집힌다. 중요한 건 감내하고 나아가는 선택 그 자체다.

소설을 다 읽고 나면 세상의 구조와 분류법에 대해 여러 생각이 든다. 흔하다 못해 진부한 비유이지만 우리는 세상의 많은 것을 흑과 백으로 나눌 수 있다. 빛과 그림자, 불행과 행복, 좋은 것과 나쁜 것, 되고 싶은 것과 피하고 싶은 것, 귀중한 것과 하찮은 것, 빛나는 미래와 구린 과거. 교과서에는 흑백논리를 피해야 한다고 적혀 있지만, 그 당연한 사실을 구태여 설명하고 알려줘야 한다는 건 모두가 편견의 그늘에 잠겨 있다는 말이기도 하다. 그만큼 세간의 인식으로부터 완전히 자유로워지기는 힘들다. 우리는 끊임없이 '좋은 것'을 원한다. 좋은 물건과 좋은 상태. 과거보다 좋은 미래를 바란다. 하지만 그것이 가능한가? 조금이라도 좋은 미래를 위해 노력하는 방향으로 나아가야겠지만, 아무리 긴 시

간이 흐르더라도 모두에게 좋은 미래는…… 불
가능하다. 누군가는 불행하다. 게다가 이 기준은
상대적이므로, 오늘의 행복이 내일의 불행이 될
수도 있는 것이다. 어둠은 떼려야 뗄 수 없는 것
이고, 그럴 바에는 박멸해야 할 해충처럼 대하
는 게 아닌, 있는 그대로를 보아야 한다고 작가
는 말한다. 누군가는 '모두가 꺼려하는 지점'에
서 살아간다. 그런 세상을 회피하지 않고 온전히
바라보는 일은, 바라보고 또 차분히 그려내는 일
은 그 자체로도 의미를 가진다.

　최근에 접한 다른 책 한 권을 끌어와 이 글을
마무리하려 한다. 얼마 전 메리 로취 기자가 쓴
『인체 재활용』이라는 책을 읽었다. 현재의 의
료기술과 안전 연구에 이르기까지 기증된 인간
의 사체와 그 사용, 해부학의 역사에 대한 글이
었다. 지금의 우리는 죽은 자의 장기를 새 몸으
로 옮겨 생을 이어갈 수 있다. 방탄복이나 신형
차량의 안전도 테스트를 위해서 이미 죽은 몸을
높은 곳에서 떨어뜨려 만신창이로 만들기도, 총
을 쏘거나 부러뜨리기도 한다. 한때 누군가의 가

족이고 연인이었던 몸은 살아 있는 이들을 위해 처참하게 훼손된다. 이후 『케이크 손』을 연속으로 읽으며 나는 사체들이 쌓여 거대한 케이크를 이룬 이미지를 떠올렸다. 살아 있다는 건 그런 것이다. 하지만 살아 있는 사람들은 그런 것까지 알고 싶어 하지는 않는다.

삶의 기반에는 최종적으로 죽음이 있다. 죽음 이전에 고통과 비명과 더러움과 눈물도 있다. 어떤 현상이나 상태에는 분명 이면이 있다. 우리는 늘 같은 상태일 수 없으며, 삶이란 그 경계에 발을 걸치고 이편과 저편을 오가는 여정이기도 하다. 하지만 보통의 우리가 경계에서 늘 밝은 쪽, 위쪽, 저 너머를 갈망한다면, 모두가 벗어나고 싶어 하는 상태의 어둠을 집요하게 응시하는 사람도 있다. 그리고 단요 작가는 매끄러운 세상의 피부를 손수 벗겨내고 그 아래의 흉측한 레일들을 누구보다 세심히, 오래 들여다보는 작가다. 그 피치 못할 현상을 당연하게 받아들이지 않고, 어떻게 받아들여야 할지를 집요하게 고민하는 작가다.

이제 나는 단요 작가의 다음 작품이 궁금하다. 이번 작품에서 그가 세상을 바라보는 방식에 대해 원 없이 풀어놓은 것 같으니 말이다. 숭고함을 엿본 '나'는 어떻게 살아갈까? 그는 어떤 모습으로 변화하고, 또 어떤 벽에 부딪히고, 어떤 시선 내재할까? 더불어 누구도 알아주지 않지만 숭고한 선택을 한 '케이크 손'의 남자는? 그의 이야기는 깊은 우물 같다. 계속 파고 들어가면 야금야금 맑고 달콤한 샘물이 고인다. 그러니, 어서 다음 작품을 만나고 싶다는 말이다.

작가의 말

　불우한 성장 과정을 겪었다고 해서 모두가 범
죄자가 되는 것은 아니라지만, 어떤 범죄자들은
불우한 성장 과정이 아니었더라면 그러지 않았
을 공산이 큽니다. 세상은 악한 사람이 만들어내
는 고통뿐만 아니라 사람을 악하게 만드는 고통
으로도 가득 차 있으며, 두 고통의 결과는 거의
구분되지 않는 것처럼 보입니다. 한편 악인과 기
인을 배제하는 태도는 사회질서의 유지에 기여
하고 탈선을 막지만, 한편으로는 교화를 방해하
는 요인이 되기도 합니다. 이런 것 사이에는 명
확한 구분선이 없으며 다만 정도가 있을 뿐입니

다. 그 정도는 아니지, 혹은 그 정도는 괜찮지 할 때의 정도 말입니다. 이 정도란 아주 모호하고 어려운 문제라고 생각합니다.

『케이크 손』은 명백하게도 가해자들의 이야기입니다. 가해자들의 사정을 상상하는 작업은 대개 옹호론으로 흐르기 마련이고, 그래서 현실에서는 다소 터부시되기 마련입니다만, 픽션의 존재 의의는 현실에서 할 수 없는 일을 해내는 데에 있지 않나 생각합니다. 그 점에서 이 글에 비겁하거나 그른 면이 있다면, 그 비겁성은 아마도 남자가 어떤 면에서는 여전히 선량하며 유능했다거나, 주인공이 눈에 띄게 영리하다거나 하는 대목에 숨어 있을 것입니다.

감사합니다.

케이크 ✦ 손

지은이 단요
펴낸이 김영정

초판 1쇄 펴낸날 2023년 12월 25일
초판 2쇄 펴낸날 2024년 2월 6일

펴낸곳 (주) **현대문학**
등록번호 제1-452호
주소 06532 서울시 서초구 신반포로 321(잠원동, 미래엔)
전화 02-2017-0280
팩스 02-516-5433
홈페이지 www.hdmh.co.kr

© 2023, 단요

ISBN 979-11-6790-241-2 04810
　　　979-11-6790-220-7 (세트)